读 故 事 看 社 会

天才捕手计划
STORYHUNTING

社会特写文库

呼吸在一米之外

我想告诉你的14个真实故事

主编 陈拙

湖南文艺出版社
HUNAN LITERATURE AND ART PUBLISHING HOUSE

博集天卷
CS-BOOKY

我与行走的机器

四天三城漂流记

一张"团圆"的检验单

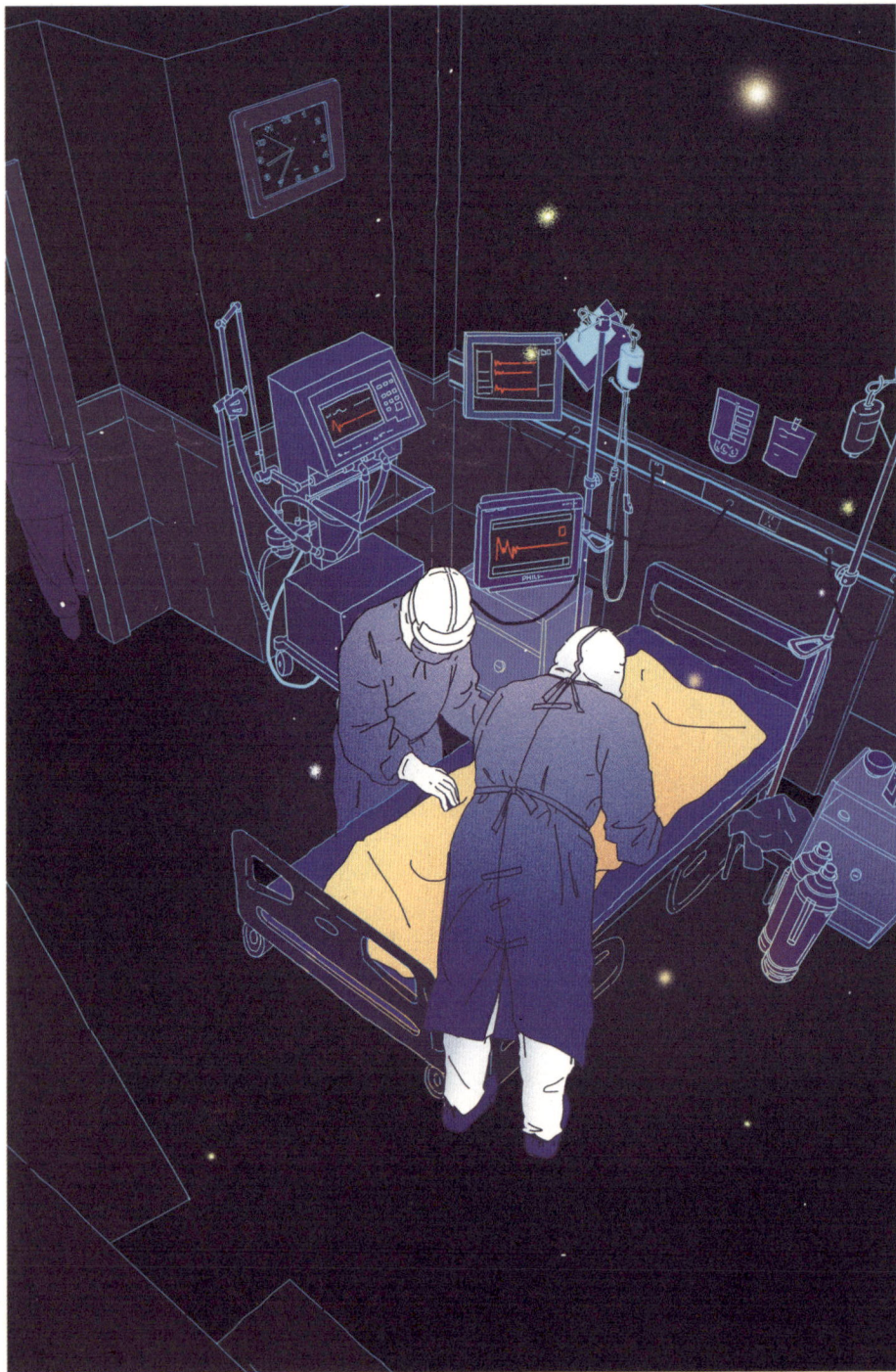

夜 班

最好的药

寂静的春

遗愿清单

最漫长的手术

我在疫情中出生

全城寻医

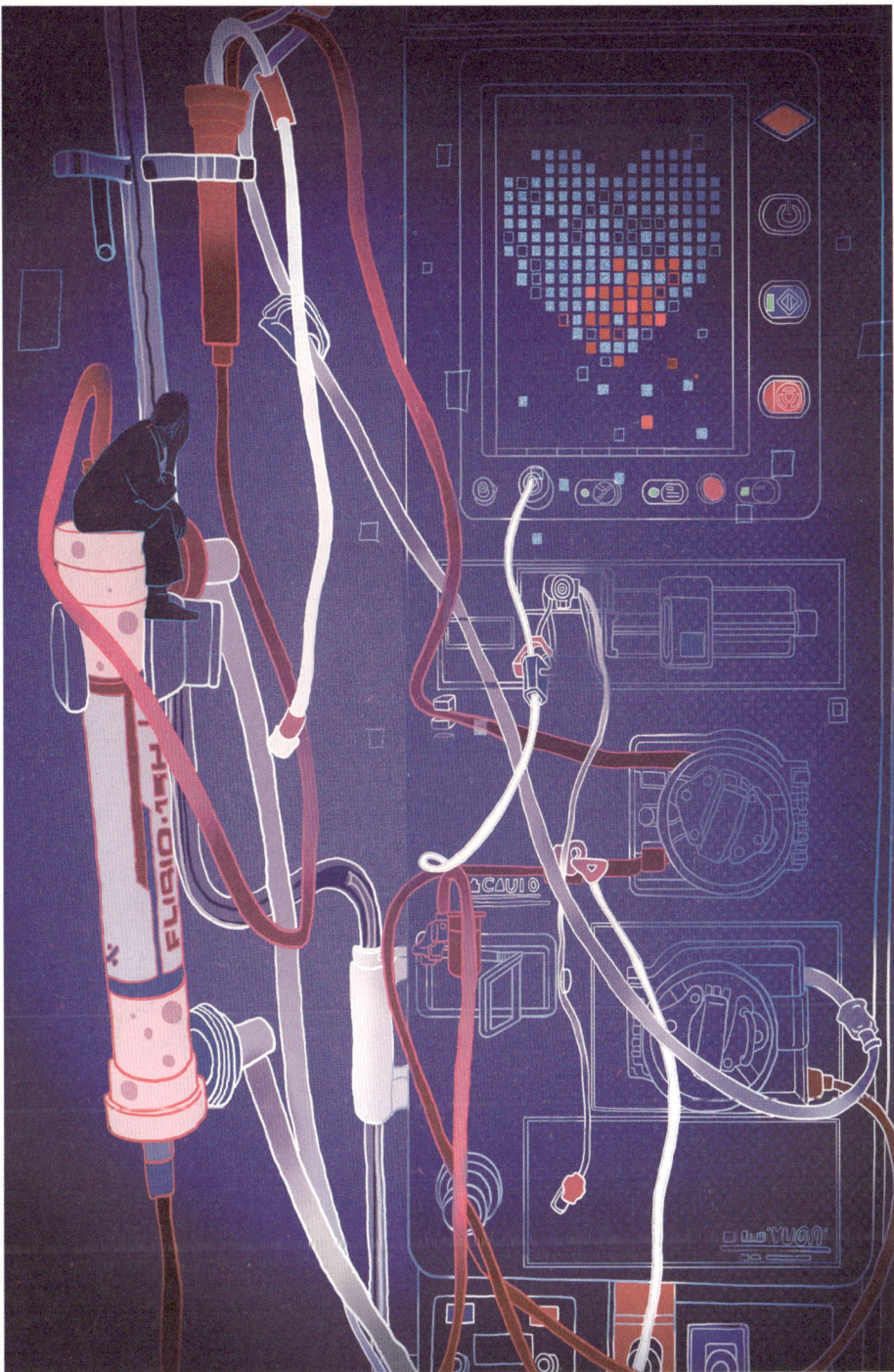

干净的血

隔离风波

"隔离站"闯关事件

特别任务

作者简介

李半马　　放射科医生，推着两米高的 X 光机行走在各科室，负责侦察疫情。

张学步　　邯郸某小镇刚上岗的年轻医生，努力学着迈出正确的每一步。

林八爪　　风湿免疫科医生，医生中的"福尔摩斯"，负责最疑难的病例，在临床病症中揪线索，得出最终的治疗建议。

杨电心　　心血管内科医生，常做射频手术，有时要对心脏"放电"。

魏一例　　胸外科医生，新冠病毒隔离病区医生，接诊了所在城市第一个确诊的新冠患者。

炮局胡同　在武汉发起互助行动的热血青年，靠共享单车为朋友送去生存
羊驼　　　物资。

徐阿兰　　乳腺癌四期患者。死亡只有一次，她拒绝写两封遗书。

陆接骨　　外科医生，触摸一下就知道患者的手或腿能不能保住。

陈送宝　　武汉妇产科医生，最爱给产妇讲笑话，疫情中却常常无言。

麦　子　　一个在疫情中失去了父亲的普通武汉市民。

汪酒神　　她和母亲闯荡在武汉血液透析室，只为得到一身干净的血。

孙大宴　　东北小县城警察，记录有明显东北特色的故事。

房土地　　山东刑警，办的案件就是别人的人生。

蒋　述　　南方小镇派出所民警，在他负责的案子中，受害人和嫌疑人都是熟人。

目　录

我与行走的机器

李半马

最开始，疫情来袭，网上零星有一些关于新冠肺炎的消息。因为我们处于远在北方的城市，加上春节的脚步声越来越近，像大部分人一样，在医院工作的我也没有过多在意。本来这个季节就是流感高发期，医院除了特意多发了些 N-95 型口罩，叮嘱我们要勤洗手之外，没有再多说什么；单位的微信工作群里，大家也没有过多地"互通有无"。毕竟前段时间鼠疫的事情并没有真正带来什么威胁，来得快，去得也快。

鼠疫消息传出初期，我们也紧张过。有一次正是我值夜班，两个护士带着病人来做检查，她们在闲聊中提到鼠疫重现。鼠疫是甲类传染病[1]，一旦传播开来，后果将十分严重，新闻也对此做了报道。为此，我神经紧张了两天，后来发现患病的人数并不多，事件不久便平息了。所以，我一度以为这次的疫情

---

1. 甲类传染病：《中华人民共和国传染病防治法》规定管理的传染病分为甲、乙、丙三类。甲类传染病包括鼠疫和霍乱。——编者注

应该也会很快就结束。

　　直到 1 月 18 日，我要去值夜班，半夜的时候准备和同事交班。当同事将值班手机递给我时，手机突然响了起来，他接起手机听了一阵，表情复杂地看着我，顿了顿，说："姐，你身体的抵抗力怎么样？"

　　"咋的了？"我奇怪地问。

　　"发热门诊区有一个病人需要拍床旁胸片，病人是从武汉过来的，疑似新型冠状病毒肺炎。"

　　"嗡"的一声，我脑子里仿佛炸开了锅。没想到新冠肺炎的疫情一下子离我这么近，我突然有了一种不真实的感觉。忧虑重重的我脑子飞速地运转，想着给病人拍片之前，自己要做哪些准备工作。

　　我是一名三级综合医院的放射技师，主要工作就是使用医学设备给患者拍片，然后提供给临床大夫，便于他们对患者的病情做出诊断。

　　此时，对于即将面对的患者，我唯一了解的就是他可能携带新型冠状病毒，并且这种病毒不排除会人传人。所以，我首先要保护好自己，但我能使用的防护用品实在有限。

　　以前，ICU（重症监护病房）需要拍片检查的时候，那边都会给我备好防护用品，但这次是我第一次去发热门诊楼拍床旁胸片，不知道那边会不会准备。

　　我戴着口罩在科室里转来转去，想了想，打开抽屉掏出一副医用手套戴上，一转头看到了衣架上挂着的前几天刚洗干净的备用白大褂，赶紧套上。临走前，我再次打开柜子，掏出了一个口罩，准备给自己再加一层，算是一点心理安慰。

一切准备就绪，我推着两米高的床旁 X 光机义无反顾地向发热门诊楼走去。每当这个时候，我都觉得这台机器就像我的战友一样；而这次，我们要一起完成一个无比艰巨的侦察任务。

穿过急诊大厅时，我发现这里一如往常般喧闹。大厅门口，值岗的保安大哥看到我和机器后连忙走上前，推开了沉重的玻璃门，我道了声谢，从大门走出去。

室外，1 月的夜风十分寒冷，我后悔没有多套一件外套，又想着如果多穿了一件，做完检查就没有可以替换的了。想到这里，我笑了，笑自己都什么时候了还在担心衣服的问题。

发热门诊楼在 13 层楼高的主楼背后，是一座独立的小楼，方方正正的，围着它走一圈也不过半分钟的时间，我无数次地从它旁边经过，却从未进去过。

床旁 X 光机拍片一般是给危重症患者做的。一般情况下，轻症的患者直接到科里来检查就可以；病重的人走不了路，下不了床，我们才会推着机器过去给他们检查。发热门诊的患者通常只是发热，自己可以走动，即使再严重一些也可以推着轮椅或者病床过来检查。看来这次的病人不仅有传染性，还可能是重症。

楼外的路是水泥地，机器在路面上不断颠簸着，发出轰隆隆的声响。快到发热门诊楼的时候，我竟突然想到一句话——文死谏，武死战。我得承认，以前我从未面临过这种抉择，而现在也已经没有退路了。

我推着床旁 X 光机，终于到达了发热门诊楼。

"先不要进来！把隔离衣穿上！"发热门诊的护士突然朝我喊道，她穿着隔离衣，正站在大门旁的窗边。打开窗户后，她递给我帽子、鞋套和一次性的隔离衣。

隔离衣是蓝色的，和防晒衣的厚度差不多。我把胳膊伸到袖子里，将绑绳胡乱地在身后打了个死结，虽然不是很好看，但总算系上了。然后我单脚站立，跌跌撞撞地把鞋套穿上。

"头发！头发！头发有露出来的！"护士说着，指了指我的鬓角。

我戴着医用手套使劲把头发往帽子里塞了塞，手套很滑，试了几次才成功。

看我穿戴好，护士帮我推开了玻璃门，我一咬牙，走了进去。

走廊只有 10 多米，很短，除了面前穿着蓝色隔离服的 3 个医护人员外，走廊里空荡荡的。灯光足够明亮，照在刷着黄色油漆的墙壁上，竟莫名有些温馨。

护士带着我向前走，铺着瓷砖的地面十分光滑，机器路过的声音顿时小了很多。我推着车经过第一间隔离房，大门紧闭；第二间的房门依然紧闭，只是门口站着大夫和护士。带我过来的护士先我一步推开了房门，我却停住了脚步，在门口往里打量。

这是一个6平方米左右的房间，白色的灯光照射着两排蓝色的金属座椅，一位患者定定地坐在其中一个位置上，他看上去30岁出头，中等身高，黑框眼镜架在戴着N-95型口罩的鼻梁上，脚边的旅行箱有些扎眼。他不言不语，十分从容，看我走进去也只是抬头望了一眼，然后又把头低了下去。

看到他这副如常的样子，我反而迟疑了起来。这与我脑海里预想的画面完全不符。我本以为会看到一位躺在病床上，身上贴满电极片，吸着氧气，艰难喘气的病人。

"是他吗？"我问跟在后面的护士。护士点点头。

旁边的大夫问我："可以拍摄胸部侧位吗？"我摇摇头，表示床旁X光机无法做到侧位拍摄，这个房间太小，只有两排座椅，没有床，机器施展不开。

胸片拍摄是需要一些条件的，被检者的最佳姿势是躺在床上，机器球管与人之间要有1米左右的距离。拍摄时需要把球管抽出，将板状的探测器垫在最下面，与球管形成垂直的关系，而他现在坐的位置是无法完成拍摄的。

护士们商量了一下，有人提出旁边有一间空置且有床的新房间，于是，我们决定换个地方。

我先向后撤了两步，让护士走出来。她来到新房间门口，推开门，用手指给患者看，让他从原来的房间出来。患者默默地起身，仿佛脚下有一条做了标记的路，丝毫不敢有偏差地走到新房间，又按照护士的指令躺在了床上。

就在我把探测器从床旁 X 光机上拿下来的时候，他先开口了。

"我到武汉出差，坐高铁回来，回来后就浑身酸痛。"

我愣了一下，才意识到他是在向我交代病史。

"没关系，检查一下就知道是什么情况了。"我回复他。他听完后闭上了眼睛。

我让他稍微抬起上半身，然后把探测器放在了他的后背下面。第一次，探测器放的位置略有偏差；我又让他抬起身，进一步调整仪器的位置，我小心翼翼，刻意不接触他的身体和衣物，不直接对着他的口鼻。他没有说话，只是依照我的指示微微调整着自己的身体。

调整好位置后，他又躺了下来。我拿着拍摄手柄，和大夫躲在防辐射的铅板后面，按下了曝光键。"嘀嘀"两声，拍摄完成。我走入房间，大夫走到我的旁边，两个护士仍然远远站在走廊上。

我跟大夫一起察看了图像。从图像来看，并无明显异常，是正常、健康的胸片图像。

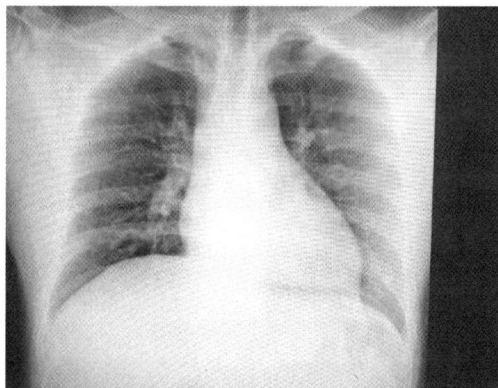

作者用床旁 X 光机为病人拍摄的胸片

"还可以，还可以。"大夫嘴里不住地念叨。

难道是虚惊一场？

我紧悬着的心稍微放松了一些，但也没敢完全放下来，毕竟和检查室拍片相比，床旁 X 光机拍摄的胸片的成像质量受更多因素影响，漏诊率相对高一些。

我推着车，朝还站在走廊的护士挥挥手，和她开玩笑："但愿今晚不要再见你第二次了。"

当我走到门口时，带路的护士打开了门，冲我笑了笑："你在门口把隔离衣脱下来。"我点点头，推着床旁 X 光机走到门外，她关上了身后的玻璃门。

护士回到窗边，从窗口递给我一个黄色的医用垃圾袋，让我把脱下的衣服放在里面。

隔离衣的衣结在后背一面。先前着急系了死结，现在我才体会到麻烦。

我把垃圾袋放到地上，右手伸到后背，摸到了死结，费劲地解着，却怎么也解不开。路过的保安大哥心地很好，看我这么辛苦，向我走来，想帮我解开。他刚伸出手，在窗前密切注意流程的护士就急急地喊道："你不要碰她！让她自己脱！"

大哥吓了一跳，停住手，看了看我。我回以抱歉的微笑，说："我自己来吧。"

我狠狠心，一把将隔离衣撕了下来，扔进了垃圾袋；接着，我把鞋套和帽子扯了下来，也扔进袋里，将垃圾袋从窗户递了过去。

临走之前，护士从窗边的柜子里拿出了一个口罩，递给我，让我换下来，并嘱咐我，回去时穿过人群要小心。

我从急诊大厅穿过，大厅里依旧吵吵闹闹——无数的哭喊声、号叫声、争吵声，依旧是我熟悉的急诊科。我贴着墙走，刻意离大家远一点。

推着两米高的床旁X光机，以往我走在路上总是很引人注目，人家会对这台机器指指点点，不断有人问这是什么，也不断有人问你这么小个头的一个女孩怎么能推动这么沉重的机器。对此，我总是骄傲地一笑，称自己天赋异禀，力大无穷，绝口不提它其实是电动的。

但是今天我想赶紧回去。希望那个患者不是真的染上了新型冠状病毒，希望只是我多虑了，但我马上又担心起来，想到他如果真的感染了，我之前的防护也是堪忧。一路上我捋了一下消毒计划：穿过的衣物，使用的仪器，都需要进行更换或消毒，以防万一。

回到科室后，我叫来了保洁阿姨，她带着消毒喷雾，仔仔细细地将机器喷上消毒剂，用干净的抹布擦拭，彻底消毒。

我自己更换了备用的白大褂，就连眼镜和值班手机都用酒精擦了一遍。这时，值班手机又响了，电话是医院的总值班老师打来的，第一句话就是：××，是你做的胸片检查吗？

我回答"是"，老师询问我拍摄之前是否知道这个患者是疑似病例，都做了什么样的防护措施，回来后是否消毒，我一一作答。

"那个患者要过去再做一个CT（计算机断层扫描），你加倍注意，检查完成后要整体消毒。"老师在电话里不断叮嘱。还是我，心中叹了口气，我只能一口答应下来。在挂电话之前我提醒老师，我们科室这边只有最基本的口罩、手套，需要额外的防护用具。10分钟后，老师给我送来了隔离衣、帽子和鞋套。

我刚穿戴整齐，外面的门铃就响了。按下CT室的电动门按钮，穿着隔离衣的大夫和患者已经站在了门口。我向患者招了招手，叫他进来，他听到后走了进来，静静地站着，大夫则在门外等候。

患者的上衣是一件带拉锁的羽绒服，我让他脱下并挂在挂衣钩上。说完这句话后，我突然反应过来，又急忙阻止："不要放在那里，还是放在床上的蓝色单子上吧。"患者愣了一下，很顺从地将外套脱下，放到我说的地方。

他很乖，按我的口令在床上躺好，双手上举。我将检查床往上升，定好位置，然后走到了操作间。

现在不知道他是否感染了新型冠状病毒，也不知道如果感染了，病毒的传播途径是什么，我凭着自己的直觉，尽量让他少接触检查室里的东西。

扫描后，我看了一眼图像，心里"喀"的一下——肺部有很多处片状的高密度影，样子发白，却又与之前看到过的感染征象不同。

我在操作间通过对讲机跟他说可以起来了。他下了床，穿好衣服，走到门边，准备伸手按下开门键。

"别碰，我来开！"我连忙冲他叫道，并打开操作间与检查室之间的门。他默默地将手收了回去。

我在操作间里打开门后，大夫还在门口等候。为减少密切接触，他隔着检查室向我喊了一句："怎么样？我就不进去看了。"

我回喊道："有点事，图像已经上传，具体的你自己回去

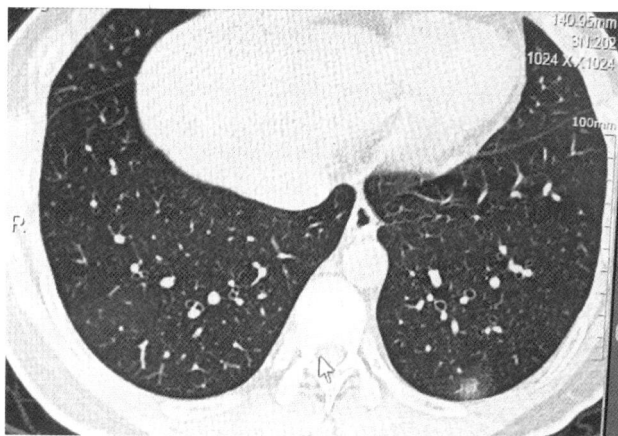

病人的 CT 图像

看。"因为读片毕竟不是我的专业，我只是通过经验感觉到这
次的图像有所不同。

大夫应了一声，走在前方，带着患者去做其他检查。

尽管对病毒的警惕让我们显得不近人情，甚至有些冷酷，
但是面对疫情，为了更多人的健康，我们再怎么小心也不为过。

我打电话给做影像诊断的同事——今天值班的同事是刚刚
入职的小哥哥，他在系统上看了片子后也表示从未看到过这样
的图像，只能确定肺部有感染，但还无法确定是否是新型冠状
病毒引起的。

本来我的工作到此为止了，但是我又有些好奇，于是打开了丁香园网站，尝试寻找之前是否有类似病例的 CT 图像，还真找到了一例。对比之下，除了感染面积不同，均像是磨玻璃的样子，这是病毒性肺炎常有的特点。

我心想，这下完了。

我赶紧找来保洁，请她彻底帮我消毒。看着保洁阿姨在检查室不断地喷洒消毒液，用抹布不停地擦拭，坐在靠椅上的我大脑一片空白，直至听到有人在外面按了门铃。

我出去看，发现外面来了一位腿部受伤的患者，家属正嚷嚷着要做检查。我让他们稍等一下，消毒结束再进来。家属不耐烦地嚷嚷，恶狠狠地问我，为什么要现在消毒，他们明明是急诊，为什么不能立刻就做检查。

我不知道该怎么解释，也无法告诉他们消毒的原因是上一个患者很有可能就是新型冠状病毒的感染者，他们进去有一定的被感染风险，但现在没有确诊，如果我说了，一定会引发恐慌。我只能不断地重复：要等一下。

家属恶狠狠地盯着我，虽未说话，但是眼神中仿佛透露出如果我不立刻答应，他就要打死我的意思。我没有理会他的反应，回到了操作间。

门铃再次响起，我走了出去，还是他们。家属追问我到底什么时候可以进去。我只能告诉他消毒后就可以，具体时间我无法确定，说罢，我又走了回去。

几分钟后，门铃接二连三地响起，四五个患者前来做检查，大多是发热或者头痛，我让他们统统在外面等候。这个时候，除了等，别无他法。

保洁阿姨在CT室不断地喷洒消毒液，又将CT机反复擦拭。

过了一会儿，消毒结束，可以进入了，先前态度凶狠的家属骂骂咧咧地推着患者进来。工作一年多来，类似的场景太多了，着急看病的患者，即使他们有一些情绪也是可以理解的。总是有人不会换位思考，只看到眼前的情况就妄下判断，缺乏体谅之心。好在这个检查室有后门，如果他要冲上来打我，我还可以逃一下。还好，对方只是骂了一会儿，并没有动手。

给这个患者检查完之后，压力小了很多，步调也稍稍放慢了一些。门外等候的其他患者安静地玩着手机，被我叫到之后，才收起手机进来。

处理完这一拨患者后，我接到了医院感控办的电话，对方详细地询问了我的情况，之前是否做了防护，都做了哪些，我一一回答。想必之前那个患者的情况已经上报了。放下电话，我心中生出一丝不好的预感。

这个夜班，不断地有头晕、腹痛、醉酒、外伤的患者来做检查，我忙忙碌碌，一夜无眠。下夜班回家后已经是早上9点多了，我仔仔细细地洗了个澡，给家里人打了个电话，家人很是担心，嘱咐我注意安全，我安慰过他们后，倒头就睡。

在第三天开早会的时候，我得知那个患者已被确诊。随即，发热门诊最早接触患者的护士被隔离了。科室备齐了所有防护用品，制定了一系列防控流程，整个医院进入了高度戒备的状态。

再往后，我每天早晨醒来的第一件事就是打开手机，看到感染人数不断攀升，全国各省市无一幸免；全国的物资紧缺，朋友圈中的同行纷纷转发如何自制防护用品；给家人买的口罩、酒精、手套，也都无法发货。

我也经常接到感控办的电话，问我是否有发热，我自知已经被列入密切关注人员名单中了。

不久之后，我的同学告诉我她即将上前线了，被派去武汉援助。我知道，在这场战役下，没有人可以独善其身，我们能做的，只能是赢。

非典（严重急性呼吸综合征）时期，我才上小学，当时的全部印象也只是停课停工，为着父母每天可以在家陪我而欣喜。上大学的时候，我读了柴静的《看见》，才知道我们曾经有过如此惨痛的经历。

17 年后，我站在这里，恍惚间，时光仿佛在重复。

作为医生，我不得不迎接第一次面对新病毒的事实，就像作为曾经的孩子，我不得不长大。我有过不安，有过恐惧，但是我也知道，恐惧只是来源于无知，而比恐惧更可怕的是轻慢。

我进医院工作才一年半，还是个贪玩的姑娘。身高 1.62 米的我平时推着两米高的 X 光机行走在医院重症病房之间，X 光机就像一个同行的伙伴，有时甚至会令我产生我们正一起去玩耍的错觉。其实，它是我最亲密的战友。作为放射科的技师，每次都是机器与我最早看到患者体内的情况，我们侦察到之后，第一时间把侦察图像交给医生，协助他们尽快治疗患者。这就是我们的作战任务。即便这一次我们结伴同行的路特别长，特别不好走。

　　如果哪天你偶然看到一个瘦瘦的姑娘与一台高高的机器一起行走，那就是"我们"。

四天三城漂流记

张 学 步

邯郸

　　我是个刚规培结束，来到邯郸某小镇上班的医生。离除夕还有 4 天的时候，单位还没有收到任何关于武汉的官方通知，大家都忙着回去过年，而我在忙着准备带弟弟去看病。

　　9 个月前，我弟弟得了乙类传染病肺结核，复查结果显示一次比一次严重。我一面小心翼翼地防护，害怕自己被传染，一面也不敢让单位里的人知道，怕被嫌弃。

　　直到最近，我自己也开始感到胸痛，甚至会和弟弟一样干咳，我担心被传染了，于是决定带着弟弟一起去石家庄的大医院问诊，让自己过个明白年。

　　因为请假，我错过了单位的会议。临走前，参加了会议的同事叮嘱我走的时候"遮严实一点"，其他的没有多说。我担心自己被传染了肺结核，也怕被认出来，就随手从床头拽了只口罩戴上，拎着行李箱偷偷出去了。后来仔细想想，恰是因为这个巧合，我可能成了当地第一个戴上口罩的人。

　　我计划的路线是从小镇赶到邯郸市区，再坐火车去石家庄和弟弟会合，带他看病，最后回到保定跟母亲一起过年。

去市里的路上，公交车经过乡里十字路口时被堵住了，因为人实在是太多了，大家正在热热闹闹地赶集。屠夫穿着防污围裙，面前摆着一大盆鱼，刮下来的鱼鳞闪闪发光；鸡的爪子围着大盆挂了一圈；卖菜的摊子摆到了马路中间，土豆、红萝卜、白菜一车一车的。

终于赶到了邯郸市区，我转搭公交车前往火车站。一路上，我刷着手机，看到广州、北京两地已经有去过武汉，后来被确诊为新冠肺炎的人，闺密也转给我一篇《人民日报》的文章《北京、广东出现新型冠状病毒感染肺炎病例》，她问我看了没有，觉得好可怕啊。

我随手把这篇文章转到朋友圈，配了一句"勤洗手，戴口罩，别去人多的地方"，并没有太在意。闺密说自己天天坐地铁，特别怕。我淡淡地安慰几句就挂了电话。

我没有太在意是因为网上的信息不太多，又说是可防可控的。但是不久后就有同事私信我，劝我删了这条转发，说情况有了新的变化。

我没有多想，赶紧删掉了这条朋友圈。我担心的不是我，而是如果没了我，弟弟怎么办。

公交车上的人越来越多，因为怕自己万一也得了肺结核会传染别人，我事先戴了口罩，没想到这反而引来了别人的瞩目，不知道是觉得稀奇，还是觉得我小题大做。

作者我当时乘坐的公交车，车上基本没人戴口罩

大家也是心大，根本没人戴口罩，万一车上真有新冠肺炎病人怎么办，我心里默默想着。即使如此，不温不火的消息也没太影响我的心情，因为即将离开小镇，我还发了条朋友圈："回来的这几个月，单位卫生间改造成了卫生冲水，病房添置了热水器，公交车前几天也跟省里一样升级为电动的了。所以你看，明天真的会更好。"

从邯郸到石家庄，我没有选择南方开过来的车次，一来是怕晚点，二来是怕火车会经过武汉，多少有些危险。火车上，列车员在通道里走来走去，向大家推销5角纸币的"金砖"，闲聊中抱怨道："没见过这么空的车，就这一个车厢坐满了，其他的车厢全空着。"

火车到石家庄的时候，天已经全黑了，我和弟弟在车站会合，出站后直奔便利店。

我想买些口罩，准备明天去医院的路上戴。店里在售的N-95型口罩只有一种黑色的，38块钱，好贵。拆开后，我才发现一袋里面有5只，就全部给了弟弟，我只戴了普通口罩。离开时，我们听到店员在讲电话："电视上都报了，武汉那边特别厉害。"我和弟弟对视了一眼就离开了。

虽然开始的时候我没有太在意，但是一路上的所见，还是让我的心里慢慢长出了一根刺，也许这次的疫情比预想的要严重。

我们看病的医院，发热门诊在右边的住院楼，我带着弟弟径直往前走，特意避开了那里。以前我们来医院的时候会专门走那条路，因为人少，又有凳子能歇歇脚。

到了门诊，弟弟见到医生后开始讲述病情，说自己咳出的痰里面有血丝。医生让我们去拍CT、抽血，并且留痰送分子实验室检查，下午来看结果。

我纠结半天，开始舍不得花钱，最后为了安心，还是给自己也拍了胸片。主任医师看了片子说没事，可能是乳腺增生。

出了医院，我长舒一口气，心口的一块大石头总算落了地。

但是我发现，无论是收费处还是门诊处的大夫，都戴上了蓝色乳胶手套。我在医院门口找到了卖白色 N-95 型口罩的店，10块钱一只，这次我没有犹豫，直接买了。

等待检查结果的间隙，我刷了会儿朋友圈，看到同学发了"武汉都这样看病了，大家一定要重视起来"的动态，配图是在诊室里穿着白色防护服的医生。

武汉很严重了吗？图片不会是伪造的吧？真的这么厉害了，作为医生的我怎么可能没有第一时间接到上级的通知？我的脑海中闪出各种疑问，同时又安慰自己：武汉离河北还远着呢。

下午我去取弟弟的检测结果，报告上说情况比之前略有好转。大夫看了看片子，然后指给我看："这里又多了一块，还是先住院吧，再做一个支气管镜，直接向肺里用药的话会好得快些。"

弟弟的态度坚决，不想住院，最后我们拿了半个月的用药后离开了医院。我很生气，责怪他："你是怎么回事？都这么大了，还不听医生的话，由着性子来。我不可能天天守着你，照顾你。"说完，心里却是满满的失落和无助。

回到旅馆时，天快黑了，手机中的工作群突然有了新消息，在医院的大夫明天开始要下村排查从武汉回来的人员了。我打电话给实习时带教过我的呼吸科老师，想询问一下关于我弟弟的病情他有什么建议；另外，也想探听一下肺炎疫情的情况。老师建议我们节后去北京中日友好医院检查看看。我又问他放假了吗，他说还没接到通知，但疫情比想象中严重很多。

我叮嘱弟弟出门一定要戴好口罩，别自己的病还没好利落，又染上新冠肺炎。我们决定去楼下再多买些口罩，结果便利店里的口罩已经全部卖光。店员说昨天大家来买口罩都嫌贵，今天想买也没了。我跟弟弟商量，要不然明天再到胸科医院结核病房的自动贩卖机那里买好了。最终我们也没去，因为仔细想了想，去传染病定点医院买防护自己的口罩，怎么都有种羊入虎口的感觉。

准备回家之前，我接到了姑姑的电话，她问起新冠肺炎的事情，又问了弟弟的病情，以及他上大学的地方，我说在湖南。她在电话那头念叨着："别人上大学回来都好好地上班挣钱了，他怎么就染了这个病？听说这次的肺炎传染性很高，你让他自己在那儿输点液治治吧，你就别在跟前待着了。"我打断她，说："大过年的，我不可能把弟弟丢在医院，再自己跑回家。"

1月21日晚上，我去了一趟商场，里面依然热闹如常，大家在开心地准备着过年的新衣，只有我戴着N-95型口罩，紧绷着脸像个怪物。走进这热闹里，我都有了摘下口罩的念头。

第二天中午，我和弟弟准备回保定过年，我们买到了两包一次性口罩——既非外科口罩，也不是医用的。一夜之间，街上的景象突然全变了，戴着粉色、蓝色口罩的人随处可见，都是民用的口罩，其实没有多少防护功能。下午去火车站的时候，我发现地铁口增加了用红外额温计测量体温的快筛程序。

候车的时候，医院里一位老师在群里发了一个邯郸高铁站穿防护服的工作人员盯着出入口的视频，又有其他同事要去局里开会，培训诊疗指南，群里的大家都紧张起来。可是我抬头看看周围密密麻麻的人群，并没有几个人戴口罩，进站的时候也没有额外的安检。

在火车上，没有人戴口罩，列车员正在兜售着小孩的玩具，对面座位上的中年男子冲我们打了个喷嚏，我和弟弟交换了一下眼神，厌恶地按紧了 N-95 型口罩，向后躲了躲。

本来两个多小时的车程，在保定站又停了整整一个小时，离妈妈家还有十几分钟的车程，我急得像热锅上的蚂蚁，后悔选择了这列车。弟弟看到贴吧里的小道消息说保定也有确诊病例了，总觉得在这里多停留一会儿，就多一分被传染的风险。

即将赶到家时，我收到办公室老师发来的消息：告诉你一个不好的消息，春节不放假。

终于还是没有逃过疫情的影响。我想着先到家再说吧，寻思着回头说家里有事实在回不去，应该也没什么关系。另一个同事也说，要是他的话就不回去了，补个假条好了，我觉得也对，大不了说买不到票好了。

回到妈妈家，我才看到通报：石家庄有一例确诊，我很庆幸，自己一直戴着口罩。

妈妈买了排骨、苹果、白菜、馒头，还有鞭炮，我拿出新买的羽绒服给她试穿，刚刚好。她其实很开心，不过又说不要给她买新衣服了，留着钱给弟弟治病用。

晚上，我和妈妈睡在没有空调的屋子里，睡前妈妈想跟我聊聊天，我却一直抱着手机看疫情的消息，又叮嘱她离弟弟稍远点，出门戴好口罩。我说单位春节不放假了，还在犹豫要不要回去。她叫我别回去，说调好了饺子馅，把排骨也炖了，明天让我在家包饺子，好好过年。

早上起来，我接到同事的电话，对方说如果过年我不回去的话，可能会被扣工资。挂了电话，我想了想，决定买票回医院。

妈妈正在做饭，我说吃完饭还是要回单位，别人现在都在上班，我才入职没多久，不回去不好，万一再扣工资就更不好了。等过了这段时间，没事了，我再回家看您。

妈妈说："咱不要那半个月的工资了，我有钱，够咱花了，我饺子馅也调了挺多的，明天咱们一起贴对联和福字，再点一挂鞭炮。"我让她少包点饺子，因为我还是决定要走。

弟弟走过来，问我走了以后还能请假带他去北京看病吗。我说看情况吧，应该没影响。我没有办法给他一个肯定的答复，我也不知道疫情会严重到什么程度。

吃完饭后，我背起双肩包，拿着行李箱准备离开家。我说："娘，我走了啊。"妈妈站在屋子中央，眼泪开始往外涌，她又赶快用手擦掉。昨天晚上我对她讲了疫情的严重性，她也意识到了，担心我回去会被感染，这个家实在承受不了新的灾难了。

我默默站着，没有说话，甚至忘记给她一个安慰的拥抱。我家其实比较拮据，我的工资是主要的家庭收入来源，我很担心每个月2000元的工资如果再被扣掉1000元，我们该如何支撑后面的生活，特别是我需要这个钱来给弟弟看病。除此之外，我也不想让其他同事说那个新来的大学生是个逃兵。

过了一会儿，妈妈见我没反应，主动提出骑电动车送我，最后她一直送到了火车站。上了火车，难过的情绪开始涌上来，我在心里不断地问自己："家人和单位到底谁更需要我？我应该留在哪里？"

这天是腊月二十九，部分车站的工作人员已经戴上了口罩，检票的时候他们还给我的身份证拍了照。火车上的人很多，有个别旅客戴着口罩；列车员在兜售玩具，售卖餐饮，依然没有戴口罩。

我很饿，带了两小袋酸奶，不敢买餐车上的食物，也不敢摘下口罩喝掉酸奶。忍了许久，最终没能扛住，我捂着鼻子和嘴巴喝掉酸奶，再迅速戴上N-95型口罩，有人看了我两眼。车上的氛围比平时沉默了许多，好像大家都知道了什么，又或者是坐得太久而疲惫了。

离开保定一段时间后，我才得知那里在1月24日公布已出现首例确诊患者。我深吸一口气，心想这疫情怎么追着我不放呢。

下午3点左右，我到了邯郸汽车站，准备搭乘大巴去我工作的小镇。检票口站着4个穿防护服、外面披了军大衣的医生同行，正给乘客测额温，额温正常的乘客才可以走。对面桌子上放着盒饭，有人问这是什么，保安说是医院中午送的饭，都还没顾上吃。

班车上已经坐满了人，司机帮我把行李箱摞到最上面，说今天车少人多，大家都挤挤吧。我望了一眼后面挤在一起的人，默默站到了车头门口稍宽松的地方。司机和乘客都没有戴口罩。我的耳朵被口罩勒得生疼，车窗紧闭着，外面的雾气越来越浓。

班车到县城时，天快黑了，班车还要开一段路才到镇里。站台挤满了人，乌压压一片，没有人戴口罩。等车到站了，大家一哄而上，我前面的小孩差点被踩着，幸亏他妈妈急忙把他抱了起来。末班车再加上这么大的雾，乡亲们也是没办法吧。

车上挤得连只蚂蚁都塞不进来了，我闷得快吐了也不敢摘口罩。我心想，这要是有一个人带病从武汉回来，整个车的人都可能被感染，可是不坐又不行。我把窗户打开一小半。靠窗的人看了看我，说冷，又给关上了。

我看着窗外的雾越来越浓，天越来越黑，突然想起了《寂静岭》。这些人知道这次的肺炎很严重吗？还是只是我的错觉呢？刀一真的被感染，镇里也没有施救能力，毕竟医疗条件跟大城市不能比。

窗外只有路旁黑黢黢的树影不断闪过。车开得很慢，不时有人抱怨："已经坐了一整天的车，现在天黑透了还没到家。"终于到站了，我打开手电，拉着箱子快速往单位走去。周边的商铺都关了门。

总算回到了宿舍，看到被同事拖得干干净净的地面，我扯下口罩，松了一口气，看来宿舍还能住。躺在床上，我结束了四天三城的漂流之旅。

作者当时乘坐的班车

大年三十，我起床出去买了小笼包和半盘鸡蛋，回来在门诊大厅碰见了大院长，他戴了蓝色医用口罩，预检分诊的东西都准备好了……桌子、体温计、免洗手消毒剂、酒精和登记表。院长问了我什么时候回来的，之后安排我和室友，以及另一个同事，一起去昨天刚收拾出来的发热门诊值班。

没有人敢，也没有人想去发热门诊。我去办公室领了一只灰色带通气阀的N-95型口罩，物资紧缺，每人只能领一个。套上蓝色无菌手术帽，我去了发热门诊。

但我没想到的是，发热门诊反而是最安全的地方。诊室里的一件防护服孤零零地挂着，没人提出来要穿，也没人要求必须穿。我刚工作，没什么经验，问室友来了病人怎么处理。她说："没事，一般没人来这里，村里人过去老找谁看，现在还是会去找谁看。"

事实上，这几天来的发热病人全都去了大厅，我和室友在发热门诊待了两天，这里出奇地安静。发热门诊旁边是物资储备处，有一次我在里面看见一件防护服，标签上的生产日期是2003年5月。那是非典时期的遗留物，全新的，没被拆开过，17年过去了，它还在这里，真不容易啊。

第三天，一个小病号发烧到39摄氏度，常看发热的资深老师说让转到发热门诊。院长过来看了看我们的情况，我正在拖地，他让我们做好准备，有病号要转过来了。我一下子就蒙了，后来那个病人直接转去了县医院。

这样的空闲日子并没有持续多久。之前，院长过来视察，发现整个医院就我们发热门诊最清净，一个病号都没有。我说没有人愿意来这里看病。上面的领导知道后，决定撤掉发热门诊，把我调去大厅测体温。为此，我心里还有点不乐意，毕竟，我还没穿过防护服呢。

在我回到单位不久，邯郸也有了确诊病例。石家庄、保定、邯郸，都是我一离开，当地就有了确诊病例公布，总让人觉得心里不踏实。

值班期间，单位食堂管饭，每个村也有医生和村干部联合起来摸排，从刚开始只登记从武汉回来的人，到现在只要是外地回来的都要登记，到最后连外地回来的人的家人也一起测体温。对疫情的防备有所升级，但似乎也仅限于此了。

有些人来看病依然不戴口罩，我叮嘱他们戴上，他们说没有，买不到。还有人发烧了白天不敢出来，到半夜咚咚敲门来看病。

和朋友聊天时，她说："你们村的人也真是的，大年初一那天还来回串呢，还拜年磕头！"我很惊讶，消息传到家里真的太慢了，我在外面惊慌游走于3个城市的时候，家里的老百姓只是刚听说疫情，甚至还不以为意。

朋友说如果真有肺炎病人，那这个村子里的感染者是一抓一个准，因为村里的人都在串门拜年、磕头。朋友说自己也去磕了，辈份大的人很多，不去也不好看。在这里，似乎礼数比生命更重要。

不过，总算让人松口气的是，大家的重视度终于有所提高，从刚开始的网上毫无消息，到仅有只言片语的网络消息，再到现在电视中循环播放的相关知识，随着疫情相关信息的增多，预防也开始更加有针对性了。村子封了，超市关了，原本热闹的镇中心十字街变得空荡荡。晚上很闷的时候，我会戴好口罩出门透透气。

我想，疫情越透明越容易控制吧。

根据2020年2月2日发布的消息，我们县里有一例确诊了。我发了条朋友圈："原本觉得是个神奇的日子，现在只希望它能像往日一样普通。"配图是人民日报的红色图片"武汉加油20200202"。

一张"团圆"的检验单

林

八

爪

2020 年 1 月 29 日，大年初五。早上 7 点 30 分。我走进感染性疾病科更衣室，换高温消毒的蓝色洗手衣，戴帽子、医用口罩、护目镜，穿工作服，再穿防护服，戴手套。全副武装到看不出我是谁，只用了 5 分钟。

我走向那栋独立的 5 层小楼——1 层是发热门诊，2 层是隔离病房。

远处走来一个同样全副武装的同事，打了招呼才分辨出是与我搭班的护士莉莉。说着好久不见，我们跨过了小楼门前那道警戒线。

我是一名风湿免疫科医生。1 月 20 日之前，也就是武汉封城的几天前，我们这儿有关疫情的消息并不多，毕竟不在同一省，离武汉还有些距离。我当时担心过，武汉有那么多所大学，就读的总有我们当地的学生吧，他们快放假回来了，万一传播

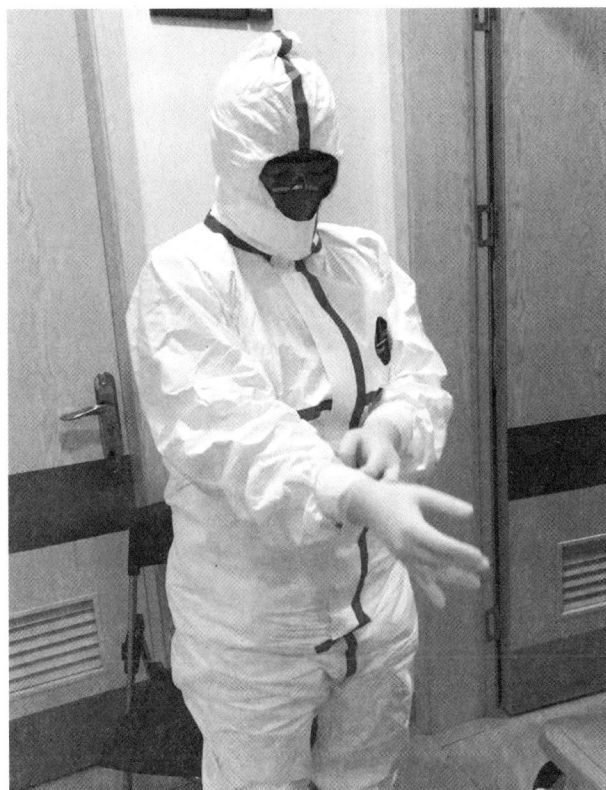

作者穿好全套防护服的样子

开就不好控制了——但还是没想到结果会这么严重。

大概到了 1 月 20 日，情况一下子就变了。我们医院作为定点医院，发热门诊担负着疫情排查、接诊的任务，我也被安排到发热门诊临时支援。随着疫情相关信息的传播，人们开始重视发热这一症状，就诊人数也随之大幅增加，特别是 23 日那天，整整 24 个小时内，我们几个医生一共接诊了 500 个发热患者！一位医生凌晨 4 点半出去想喝口水，没想到门口还有八九个患者在等着。大家也比之前提高了警惕性，不会出现四五个人一起挤在诊室里的情形，都自觉排在走道，队伍一直延伸到发热门诊小楼外面的停车棚。

那几天，不少发热患者其实只是普通的上呼吸道感染，但一张口就说："医生，我买 10 包口罩！"这着实叫人哭笑不得。我们医院哪是卖口罩的地方呢！

到了 1 月 24 日，武汉已封城，加上是除夕，从这天起，来发热门诊的人少了很多。坐在诊室里，我真是既放松又紧张。放松是因为很少有人在过年期间来医院，大家多少有点忌讳，特别是老人；也因为新型冠状病毒的事在我们这个省会城市已经人尽皆知，大家能不出门就不出门，谁没事会到最危险的医院来呢。

但大年初五这天，我格外警惕、紧张。因为就在前一天，1 月 28 日，我市首次出现确诊的新型冠状病毒感染者。我们都吓了一跳。

发热门诊楼门口

那是一家四口，儿子、儿媳妇、小孩，还有一个80岁的老人，都是武汉人，他们在22日晚上自驾离开武汉，来到我们这儿住了三四天，发现症状后才就医。我们知道，疫情终于来到我们这里了。面对病毒，老百姓手无寸铁，我们医生得做好准备，义无反顾地"打怪兽"。

初五一早，我看过四五个病人后，发现没有人候诊了。我打开诊室门和莉莉聊了几句——

"今天人不多。"

"是啊，这不是电视新闻、公众号里都在反复宣传，叫大家别出门，别恐慌，别来医院凑热闹。"

没聊两句，门口走来一个病人。

来的是一个老爷子，看起来70多岁的模样，头戴一顶暗灰色八角帽，身着深色中山装。他走路很稳，不快不慢，看着彬彬有礼，端坐在了我面前，举止十分儒雅。

看他这样子，我愣了下，然后问："老爷子，您有什么不舒服吗？"

"医生您好，我没有症状，我是来开检查的。"

"您能不能告诉我，是哪里不舒服？有没有发烧、打寒战、怕冷？"

"我没有。"

"是没测体温吗？"我看了下莉莉的体温检测表，36.7摄氏度。正常啊！没发烧，怎么让他进来的呢？

老爷子有些不好意思。他说自己撒谎了，刚才和护士说自己在家发烧了，要不进不来。"我用体温计量了好几天，都没发烧。"

"那您有没有咳嗽，有没有咳痰呢？"

"没有。"

"有没有觉得体力下降、肌肉酸痛？"

"没有。"

"有没有走一小段路后很喘，需要休息一会儿才能继续走？或者不活动都觉得呼吸困难？"

"没有。"

"那您最近半个月内有没有去过武汉，周围的邻居、亲戚、朋友，有没有和武汉来往的人群密切接触过？"

"没有。"

"周围的人有没有类似发热、咳嗽、呼吸困难的症状？"

"没有。"

"半个月内有没有参加多人聚会？"

"没有。"

"有没有去过超市、商场、车站等人流量多的地方？"

"没有。"每一个"没有"都伴随着老人坚定的摇头。

我一脸疑惑，没有疫区接触史，没有流行病学史，也没有任何临床表现，那么疑似新冠肺炎的可能性很小。

"您出门都有戴口罩吗？"

"除了今天来您这儿，我很多天都没出过门。"他又补充道，"医生，您刚刚说的这些情况我都没有。我不抽烟，也不喝酒，没有高血压，没有冠心病。我其实真的没有什么不舒服，我就是来开检查的。"

我越来越困惑了。

"为什么呀？老爷子您知道现在新型冠状病毒传染了很多人吗？我们这里是定点发热门诊，就是专门接诊有发烧症状的病人的地方，现在人人都避之不及，您没有不舒服为什么来医院呢？又要检查什么呢？"

"我真的没有不舒服。"

我在敲门诊病历，脸对着电脑，用耳朵听老爷子的回答，没有注意到他的表情。说到最后一两句，我听出他语气里有点抱歉，还笑了一下，好像觉得不太好意思，麻烦了我。

我的手停下来，和他面对面，看到老爷子的头往下埋了一些，两只手把挂号单对折了一次，又对折了一次，然后又展开，抚平了。

"我就是来开检查的。"

我只觉得奇怪，心想当下湖北的疫情这么严重，我们所在的省也早早地开启了一级响应。医院现在是人人都避之不及的地方，慢性病患者都尽量不来医院，这老爷子，一身雅士之风，毫无症状，为什么偏偏这时候来医院？他是不是有什么难言之隐？

我走到诊室外环顾四周，问过分诊护士，发现候诊厅里还在排队候诊的人只有一个，而这个患者已被叫到号，正走向另一间诊室。我转身回到我的诊室。

"老爷子，今天是大年初五，过年期间来看病的人少，我刚看了下，在您后面已经没有人排队了，能不能跟我说说，为什么您没有症状还来医院？您说您想做检查？您想做什么检查？是想做个体检吗？"

"我知道，一般人都是身体不好了才来医院。我是真的没有什么不舒服。"老爷子似乎放开了点，开始讲他的事。

我没看错，这老爷子退休前是一所大学的图书馆管理员，怪不得一身书卷气。他退休后就一直待在家里，后来老伴走了，就一直一个人住；他不会打扑克，也不会打麻将，平日就更少出门了。他有一儿一女，女儿在外地，一般过年才回来，还是隔年回一次，另一个春节得去女婿老家过。儿子、儿媳妇、孙女都在本市，住得离老人也不远，但平时忙工作，来得也不多，一般是节假日聚一聚。感觉寂寞了，老爷子就弄些花花草草——他家阳台上有好些好看的植物，再收拾下屋子，看看手机，一天也就这么过去了。

最近，9岁的小孙女放了寒假。和往年一样，她白天在老爷子这儿，玩玩手机、iPad，做作业；晚上爸妈下班后接回去。

这时的家里会比平时热闹一点。

变化是从1月中旬开始的。先是儿子、儿媳妇回家的时间越来越晚了，好像特别忙的样子，接上孩子就走，不在家吃饭，也不说太多。

老爷子问儿子，是不是忙？怎么不在家里吃饭？是不是加班了？儿子含糊地说，挺忙的，在单位随便吃过了。老爷子也就没多问。再后来，他俩就不把孙女送老爷子这儿了，而是早上带去单位。老爷子就更纳闷了，又问他们："你们加班带着孩子怎么工作呀？留在家里我帮你们带多好！"儿子的表现有些奇怪，最后他也没说什么。

1月17日那天是小年。按我们这儿的习俗，一家子要一起吃晚饭。老爷子从早晨就开始张罗女儿、女婿、儿子、儿媳妇、孙女、外孙7口人一起吃饭的事，女儿他们一家正在从外地过来的客车上。结果儿子在电话里跟他说："爸，就我们跟你随便吃一点就行了，现在国家不提倡多人聚会，大姐刚从外地回来，一路上也不知道有没有接触湖北人，两家人都有孩子，咱就别聚了。"

老爷子那两天从电视和手机上也看到了新闻，知道这新型冠状病毒肺炎在全国各地都挺严重。当时他想，如果按照隔离14天来算的话，女儿过年在本市的时间连隔离都不够用，恐怕是见不上了。

很快，女儿、女婿刚下车就给老爷子打来电话，说刚从客运站出来，人特别多，也不知道周围的乘客有没有湖北的，他们就不回老爷子这儿了，先在自己的房子里住几天。

老爷子后来看到钟南山院士在新闻里说到了这个新型冠状病毒会"人传人"，虽然本地还没有确诊病例，自己一个人过年也感觉不是滋味，但他觉得女儿暂时不回来团圆也是可以理解的。

问题是儿子的做法让人没法理解。小年之后，他们继续奇怪地带女儿上班，而不是送到爷爷这里。老爷子实在忍不住了，问儿子到底怎么回事。儿子说："新闻说了，被这个病毒性肺炎感染的多是老年人，而且老年人一发病就特别重，死亡率很高，您在家自己多注意身体，没啥事别出门了。我们带孩子出去避一避……"

"他们可能是怕我病了，然后传染给孩子……"老爷子看着我说道，他把挂号单一把抓到手心里，拧皱了。

有一两次孩子赖床，没起来，就留在家里。老爷子跟孙女聊起来，孙女说："妈妈说这次好多老人家得肺炎后都病得很重，所以才把我带到单位去，到吃晚饭才回来。"原来儿媳妇也这样想，还灌输给了孩子，老爷子更失落了。

老爷子后来很少见到孙女，大家只在除夕晚上简单吃了一点饭，儿子一家三口就赶紧走了。

初一到初四，老爷子就一个人在家憋着，也是在自我隔离和观察，虽然他是老年人，但是身体很健康。老爷子还叮嘱儿子，上班要注意保护自己，多洗手，戴口罩，公司里有应酬也别去了，早点回家。

这么憋了四天，想了四天，老爷子越想越坐不稳了。"我今天就是特意来医院检查，我就是想抽血、拍片，确认一下我有没有感染这个病毒。"

我恍然大悟，开始和老爷子解释："老爷子，我跟您说一下，这新型冠状病毒肺炎，它的定义是一种传染病，但凡是传染病，一定要有三种要素，也就是传染源、传播途径、易感人群。从我刚才的问诊和您提供的信息来看，首先您没有去过武汉，也没有和来往武汉的人群有过接触，也就是说您没有流行病学接触史；其次，根据医保卡的信息，我看到您就住在医院后门相隔一条街的小区，您只出了这一次门，也戴了口罩，现在大街上的人非常少，这个传播途径，也基本排除了；第三点，易感人群，确实，就目前的病例统计分析来看，老年人或者有基础疾病的人感染之后，病情比较严重，但这并不表示老年人一定会得病，而且您既往没有基础疾病，更没有发烧、咳嗽等症状，所以，您存在疑似感染的可能性很低。

"您能明白我的意思吗？"

"我明白。"

看到老爷子嘴里说明白却根本没有离开的意思，这会儿又没有别的病人，我干脆说："您方便现在给您儿子打个电话吗？我来跟他解释。"

老爷子愣了一下，然后先从包里摸出老花镜戴上，再摸出手机，一个键一个键按得很慢，拨出之前，又愣在那里。我不知道他是怕打扰儿子上班，还是觉得这样可能会增加一些矛盾。他把手机在手里握了七八秒。终于拨了。通了。

"在单位？你现在有时间接电话吗？"感觉老爷子问得都有点小心翼翼。

得到肯定回复后，老爷子说："我在医院，有个大夫有几句话想和你说。"接着就把手机递给了我。

"你父亲平时身体很健康，而且按照我们最新的诊疗标准，你父亲没有一个特征是符合的，我不需要开检查。"我说得直接，其实我心里也是有点埋怨的，"但既然老人家有这个要求，我可以给他开检查。但我不希望你父亲回家之后再背着这个包袱，如果他的检查结果OK的话，我希望你们家里能够和和美美的。"

儿子的反应其实也很平静，很淡定，听上去甚至很可能是知道父亲来医院的。"我知道，也很明白，我很了解，我爸的身体一直很健康。道理我都懂，但我还是得让他证明一下，这样也能让家里人放心。"

挂了电话，老爷子向我点了个头，然后迟疑了一会儿："要不，还是给我开检查吧，医生。不然就这样平白无据地回家，我怕我儿媳妇那边……"

我很无奈地开始写病历："我可以给您开，但是，我希望
您能理解，您心里不需要背着这么大包袱的，好吗？"

"我知道，我一直都知道的。谢谢你，医生。"

我给老爷子开了化验单，检查血常规、C反应蛋白、肺部
CT平扫。老人家要因此平白无故受一次辐射。

我向老爷子指示了抽血和做CT的地方，他起身向外走，
步速很快，还是稳稳当当的，一身书卷气。

20多分钟后，老爷子回到我面前。我打开系统，指给他
看——

"肺部CT，正常；血象，正常；C反应蛋白，正常。"

老爷子没有得肺炎，其他血常规的数据也全都正常，C反
应蛋白和降钙素原这些指标也都很正常。在我面前的老爷子，
真的是个很健康、很健康的老人。

"您可以安心地回家养花，带孙女了！不过还是记住，勤
洗手，尽量少出门，出门的话戴口罩。"

老爷子咧嘴就笑了，走的时候，他如释重负，似乎背都挺
直了。

2月6日中午，我想了想，又给老爷子打了个电话。我有
点惦记他。老先生有些意外，听我说是就诊回访，很快就聊了

起来。

我先问他这几天有没有咳嗽、发烧的症状，或者呼吸困难、胸痛。他说都没有。然后我就问他，邻居有没有这样的情况。他也说没发现。我接着把问题扩展到他的儿子、女儿，问他们是做什么工作的，是不是在商场、客运站之类的会接触很多人的单位。老爷子说不是，就是公司职员。

老爷子告诉我，他的退休工资完全够花，医保卡上写的那套房子其实留给了儿子，他自己一直住在老家拆迁后的安置房小区里，和我们医院隔了一条江、两座桥。拆迁房是住宅楼，就和一个个盒子一样，不像以前乡下的大院子，邻居都能出来玩，总能见着。现在老爷子跟邻居很少交流，有时候在阳台收衣服，碰到其他阳台上的邻居也出来"放风"，隔着窗户才聊一聊。

我能感受到老爷子的孤独，某种意义上，他的日常就是在隔离。我怕让他不好受，就把话题引到那天检查回去后家里的状况。我问他："我初五跟你儿子打过电话，那之后您回家后的情况有改善没，儿子会不会还是见不到面？或者很晚才过来一下。"

"都跑啦！"老爷子说，"假期也延长了，他们就自己带孩子了，就不来我这儿了。"外孙也一直在女儿女婿家里，没来过老人家这边，老爷子没见上，"两年回一次家，我都不知道下回还能不能见到他。"老爷子的声音很低沉，后面又笑着说了两句，我听着有些难过。

在一定程度上，我能理解儿子与老爷子当下的这种隔离，但他们现在的状态肯定也不是最好的。此时，我们需要严防死守病毒的传播，更需要人与人之间更多的理解与关怀。隔离了病毒，别连心也隔离了。

挂电话前，老爷子顿了顿，缓缓地对我说："等到了春天，瘟疫走了，真希望能重新再过一次年。"

我也这样盼望着。

夜　班

杨
电
心

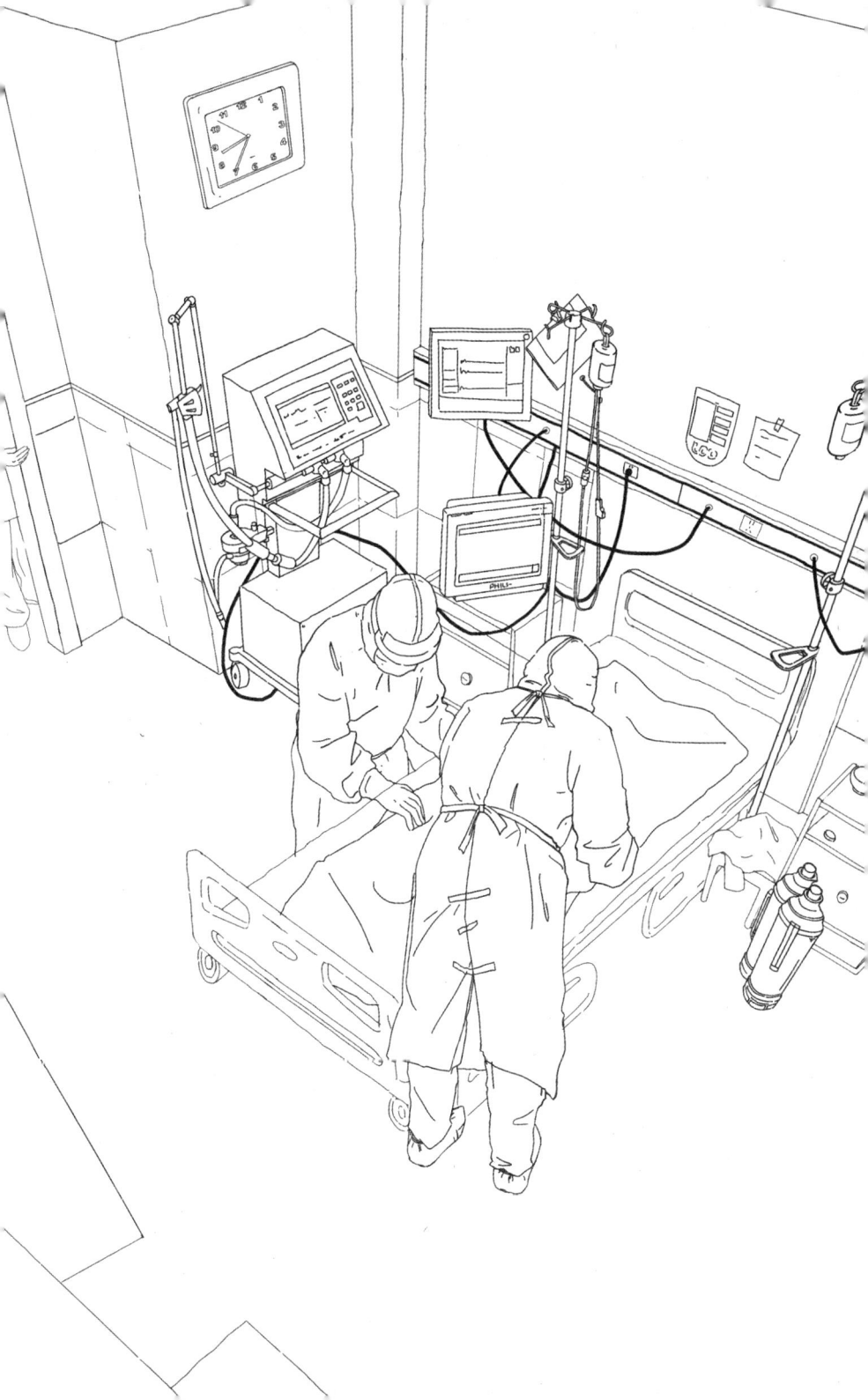

　　我是武汉的一名心血管内科医生，正月初二接到医院的通知，要我第二天到武汉市某医院发热病区支援，以协助救治新型冠状病毒肺炎患者。

　　说是发热病区，也是临时组建的。整个医院的内科楼和外科楼住院病区都改为了发热病区，共 11 个。我被分配的发热 6 病区在外科大楼 4 楼，是原妇产科病区。尽管防护物资紧缺，但医院还是极力保证了住院病区医生的防护物资。因为病区里都是确诊的新冠病毒肺炎患者。

　　正月初四，下午 5 点多，我通过医护人员通道进入外科大楼。我走楼梯先上到 3 楼，1、2 楼空着，3 楼设有清洁区，再往上就是病区。清洁区是医护人员穿便衣进来更衣的地方。在这儿，医护人员可以休息，吃饭。换好衣服了再到病区去。

　　我里面戴了 N-95 型口罩，外面加了一层蓝色医用口罩。先穿上隔离衣，戴第一层普通医用外科手套，接着套上白色防护服，再戴上第二层外科手套，套上一次性蓝色家用鞋套。

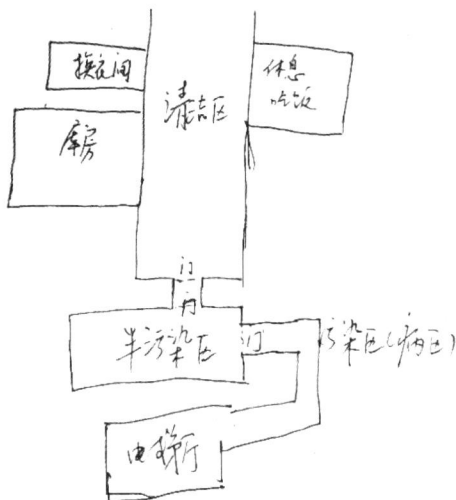

3 层的各区域分布草图

　　推开两扇钢制门，我来到半污染区。这里有穿戴的最后一个环节——戴护目镜。护目镜摆在钢制托盘上，是泡在含氯消毒液里消过毒的。护士提醒我，多用流水冲一会儿，不然戴上后会很刺眼。我用水冲洗了两三分钟，但戴久了之后还是会刺眼、酸痛，整个夜班过程中，我的眼睛都隐隐作痛。

　　我推开第三扇钢制门，正式进入病区。3楼病区的病房空着，灯光很暗，很安静。下午5点半左右，我乘坐电梯来到4楼发热病区，这里也很安静。

　　那天是我在发热病区的第一个夜班。先前的医生告诉我穿着隔离衣、防护服很热，所以我里面只穿了一件短袖。其实隔离衣、防护服很薄，两件加一起也只和秋衣差不多厚。出了电梯口我突然感觉很冷。那天是阴天，下着小雨，室内和室外的温度差不多，6摄氏度左右。后来才发现为了通风，病区和医生办公室的所有窗户都是开着的。

电梯口对着护士站，在楼层的中央，病房分布在两边，共有10间，一边4间，一边6间，每间病房住3个病人。整个楼层的走廊通道呈H型，医生办公室在护士站后面，顺着走廊左手边走到头就是。

白班的医生和我是同一家医院的，但我们之前并不认识。我和他打了招呼，告诉他我是来接班的医生，问他有没有想要特别交代的事情。

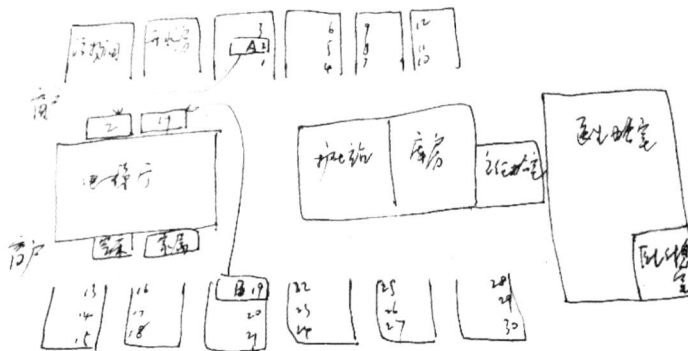

4楼发热病区草图

　　"有两个年纪大的患者，病情比较重，估计快不行了，家属已经签字放弃了，其他的病人都还好。"交班医生疲惫地说。

　　我想他这一天也没怎么吃喝，挺辛苦的，就没有再多说，让他早些回去休息。当晚值班的医生除了我，还有一位本院的妇产科医生。她的衣服背后用记号笔写着名字，我和她简单地打了招呼。

　　病人都在病房里面，走廊上只有两三个病人家属，戴着口罩，在外面踱步，我经过的时候也没有和我说什么。医生们先前已经告诉过家属，不建议留陪，以免增加家属感染的风险。今晚，我没有再跟他们多说些什么。

　　查房前，天还没黑，有位病人的儿子戴着黑色口罩，到办公室来问今天复查的CT怎么越来越严重了，怕检查结果对父亲有打击。我仔细对比了前后两次做的CT片子，打算跟他父亲当面解释。

　　"麻烦你和我父亲说得委婉一点，不要说得那么严重，我们家属说的他不信，医生说的他才听。"他说。

　　我懂他的意思。

　　我跟着家属到了病房。病房大概不到20平方米，灯光很暗，电视机开着，音量很低。这位病人坐在中间那张病床上。他抬头看到我来了，便关掉了电视。

　　"医生，我怎么越治越差了？那CT报告单上说，感染面积比之前大了不少。"他有些生气和不耐烦地说道。

我告诉他："从 CT 片子上看，感染面积有扩大，但这是疾病发生和发展的过程。病毒侵入人体后会引发一系列炎症反应，刚发现的时候做的 CT 可能显示出的病灶不大，但是随着时间推移，即使接受了治疗，炎症也会逐渐进展到最高峰，这个时候做的 CT 就会比刚开始做的 CT 严重很多，等身体的免疫系统逐渐将病毒清除后，病灶就会逐渐恢复。"

患者似懂非懂地点了点头，语气平和下来，又问了我一句："医生，这个病得多久才能治好？"

我内心其实也没底，只能微笑着说："只要你感觉一天比一天好，呼吸一天比一天舒服，那就是在好转，但是影像学上的好转，至少得一两个月。"我马上想起自己戴着口罩，我的笑别人是很难看到的。

他没再说什么。我把他的 CT 片子放在胶片袋子里，再放进他的柜子，然后转身告诉他儿子早些回去，免得自己也被感染了。

"我是下午来给我爸送饭的，等会儿他吃完，我收拾一下就回去。"他说。

我"嗯"了一声，走出病房，带上门，回到了办公室。

接班后是下午 6 点，我开始查房。我先到护士站翻看病人情况记录。护士站有个记录本，那是护士记录的患者当天的体温和血氧饱和度情况。接着我要去每个病房，一个个地问病人有没有不舒服。

疑似的病人需要被单间隔离，确诊的病人可以多人住一间病房。我们这层楼的 10 个房间全住满了确诊病人，共 30 人。为了避免交叉感染，病房门都是关着的。

病区很安静。虽然是肺炎，但是和细菌性肺炎不一样，病毒性肺炎主要是肺泡渗出和肺间质病变，气道分泌的痰液较少，所以病人的咳嗽不多。有些病人在睡觉，有些在玩手机。有几个病房的电视开着，但音量很弱。

病人都戴着口罩。症状轻的病人不需要吸氧，病情重一点的病人用鼻导管或面罩吸氧，更重一点的则用无创正压呼吸机治疗。我们这里是普通病房，没有有创呼吸机，所以没有收治需要气管插管的病人。这里的大多数病人都是可以走动的，只有两个病人的病情比较严重。

10 多分钟后查房完毕，我回到了办公室。和我一起值班的是本院的妇科副主任医师。她年资比我高，我叫她张老师。张老师一直在妇科工作，在隔离病房值班也是第一次。呼吸科的疾病她平时接触得少，所以查房后我和她一起在办公室分析患者的 CT 影像，讨论患者的治疗方案。

病房里有两位重病患者，A 床 72 岁男性和 B 床 92 岁男性。

两位患者的基础疾病多，抵抗力差，因为是终末期，多器官功能衰竭。之前有值班医生与家属沟通过，表明病人的生命可能难以挽回，病人家属要求仅支持治疗，以减轻病人的痛苦。刚才我在护士站记录本上看到这两位患者的指脉血氧饱和度都不到 80%，去查房时他们已经是昏迷状态。

下午 8 点左右，戴着护目镜、穿着防护服的护士走到办公室告知我们 A 床病人好像没有呼吸了。我和张老师赶紧跑过去看，但也很难走快。防护服是连体服，穿着防护服走路就像套在袋子里面走一样。

病人盖着被子，面色蜡黄。动脉搏动消失，双瞳散大。

我们到护士站打电话通知心电图室来做心电图。心电图是一条直线，证实是"全心停搏"，宣告临床死亡。

我们回到办公室，找到了放弃抢救的医患沟通表上留下的家属电话。我拨通了电话。大概 5 秒后，对方接了。我交代了自己的身份，然后告知了他父亲病逝的消息。

家属沉默了数秒，说："好的，我知道了，我会尽快赶过去。"

我连忙又说："患者的遗体我们来处理，把患者的户口本和身份证送到医生办公室来，开死亡证明需要这些文件；为了避免你们被感染，不能让你们见逝者最后一面了。"

对方顿了顿，没再说什么。

我又给之前值班的医生打了电话。值班前一天，我从微信群里了解到我们病区已经有 3 个病人去世了。他们处理过，有经验。医生告诉我，他们当时找了太平间的人，但是太平间的人过来扔下裹尸袋就走了，最后还是他们自己处理的。我听了之后叹了口气。

我还是给医院的太平间打了电话。

没人接。我估计他们现在关门了。

张老师提醒我说，要不和医务处联系一下，问问这种传染性疾病的尸体怎么处理。

我又打给医院的医务处，对方说这种事情他们也不知道怎么处理，还是得找太平间的人。医务处是管数据统计、人员安排的，这我也能理解。

再一次拨打太平间的电话，这次有人接了。我告诉对方自己所在的病区，说这边有病人"走了"，需要有人来处理一下。

那边的人态度很冷漠，说："我们这边过不去，你们自己处理吧。"

我做医生6年了，还是第一次听说这件事需要医生来干。

我说："就算你们不处理，那也需要给我们裹尸袋啊。"

我告诉他们传染性疾病患者的遗体不能就这样放着，问他们能不能送裹尸袋过来，因为我们医生值班是不方便下去的。

"急诊科那里有，你自己去领！"对方说。

我直接挂断了电话。

虽然生气，但也没办法。由于我不熟悉这家医院的环境，所以张老师去急诊科领了。我回到办公室，开始看起其他病人的CT影像。

约10分钟后，张老师拿来了一个深黄色的大袋子。张老师说，这是她执业生涯第一次遇到患者死亡，而且还需要亲自处理尸体的情况。她很无奈，我也表示同情。但我很佩服她的勇气。

我们进去处理尸体的时候，护士已经把病人的遗体稍稍整理，用床单把遗体整个先裹着系好了。同病房另外两个60多岁的老年病人已经站在门外了，没有说什么。

我把折叠着的深黄色裹尸袋展开，很长，近2米。"哧"的一声把拉链拉开，放在尸体左边。

我和张老师想把尸体抬起来，放到裹尸袋里。我抬上半身，张老师抬下半身，但使了很大的劲后发现，凭我俩的力气，根本做不到。尸体太重了，只能另外想办法。

我先把尸体抱向我这边，袋子敞开后放到底下，然后再把尸体侧向张老师那边，把袋子拉过来裹住，再把尸体的下肢、头部都放进袋子里。最后，我拉好拉链。

尸体处理好后，我们再次拨打了太平间的电话，希望他们能派人拉走尸体。对方答复说，别的病区也有需要处理的，忙不过来，明天再说。我有些生气，但也没办法。

我和张老师商量了一下，今晚的遗体估计是转不走了，但是房间里另外两个病人还需要休息，肯定不能放在病房里面。我听说楼上的病区特意腾出了一个房间放置尸体。但我们这里没有空房间，全住满了。只有走廊可放了。

我和张老师把放着尸体的病床推出病房。走廊2米多宽，医院的床宽 1 米左右。我们出门朝右推了 2 米左右，把床挪到顺着走廊的墙边放着。这里是走廊尽头了，地上有亮度微弱的地灯，有点吓人。

不一会儿，患者的儿子赶到了医生办公室。他大概 40 多岁，一身黑衣，戴着口罩和泳镜。他父亲的病情是危重，他之前已经知道，所以过来后也并没有多说什么。他把他父亲的户口簿和身份证递给我，问："医生，我还需要做什么吗？"

我接过来，说："暂时不用做什么，你先回家，有什么情况再和你电话联系。"

他没再说话，转身回去了。

处理完上述事情之后，我和张老师也有点累，我们在护士站那里拿了消毒剂，在胸前和上肢的防护服上喷了几下。护士到配药间拿了干净的手套给我们换了之后，我们又回到办公室。张老师写病程记录，我写死亡证明。

我之前写过的死亡证明是直接交给家属，以供公安部销户和殡葬需要，但是医务处说现在情况特殊，不能直接交给家属去办殡葬流程，这种传染性疾病的尸体需要另外处理。

穿着防护服，不能喝水、上厕所、睡觉，而且是上半夜，我也没有什么睡意，就和张老师聊了会儿。我问她待会儿 12 点换班后怎么回家，她说她老公来接她。我挺感动的，心里想着，其实医护人员的工作太需要家人的支持与理解了。

晚上 11 点左右，护士又来了。她说 B 床的病人也没有呼吸了。

又有一个人去世了。上半夜还没有过完。

我和张老师去查看时，病人已经呼吸停止，大动脉搏动消失，瞳孔散大。我们又通知心电图室来做心电图，证实是"全心停搏"。

B 床病人 90 多岁，他儿子六七十岁，也比较大了，得知他父亲去世的消息后，他在那头哭出了声，说会尽快过来。我和他说要带着患者的户口簿和身份证，这两样便于开死亡证明。他哭着答应，挂断了电话。

这次我们放弃了和太平间联系。张老师又一次去急诊科了，我站在护士站等她。10 分钟后，她拿回了裹尸袋。

我和张老师刚准备进病房处理尸体，里面的病人就开始大骂。

"搞了这么半天，尸体还搁在这里，还让不让人休息了？搞什么鬼名堂？"

张老师和病人解释："我们一直在处理呀，我们确定患者死亡后要和家属联系，家属又不在这边，太平间的人又不来帮忙，我去拿裹尸袋，这不才回来！希望你理解一下。"

病人还不依不饶："那你们动作倒是快点啊，放在这里像什么话？"

张老师又准备解释什么，被我制止了。我觉得还是先把尸体处理了，他也就没什么可说的了。

还是像上次一样，我们把裹尸袋展开，拉链打开，放在床边，然后配合着把尸体装进裹尸袋，拉上拉链。

本来我们打算把这张床就放在病房外面的走廊上，但是看到门口有个家属在墙边的床上睡着了，不好打扰，所以最后也把床推到放置第一具尸体的走廊尽头了。

半小时后，家属匆匆赶到医生办公室，这位老者的个子不高，戴着蓝色普通医用口罩，皱着眉头，我看得出他眼圈是红的。

"医生，我是 ×× 的家属，我父亲的遗体在哪儿？"

我带他到放着尸体的床边，告诉他这是他父亲的遗体。他准备扑过去看，被我用手拦住了。

我带他到办公室，他把患者的户口簿和身份证递给了我。

"您老人家也要保重身体，先回去休息，医院都是感染的病人，不宜久待。"我嘱咐他。

"好的，医生，我知道了，我会尽快回家。"

我心里骂着，这该死的病毒，害死了很多人不说，还不能让亲人好好分别。

我怕他会再去接触遗体，便送他到电梯口，看着他坐电梯下楼去了。我又看了一眼两张床上的尸体，心里想，还是做个记号吧，免得明天搬动的时候弄混了。

我去办公室拿了黑色的记号笔来，在两个袋子上一笔一画、清楚地写上了姓名、性别和身份证号，便于识别。

后半夜更冷了。因为身穿防护服也无法趴着睡一会儿，我在医生办公室就那么坐着，直到天亮。

最好的药

魏
一
例

　　怎么也没想到，我接诊的第一位新型冠状病毒肺炎患者，是警车开道送来的。

　　那是1月24日，除夕。在隔离病区待命多时的我接到电话：一个确诊的新型冠状病毒肺炎患者要转到我们病区来。那时，我所在的城市中确诊的病人相对还比较少，我还没有见过感染者。不禁想，病人会是什么状态？放下电话，我叮嘱值班的护士做好准备，自己穿好防护服到防护楼门口等待。

　　远处，红蓝灯在路的尽头闪烁，我突然意识到，这是警车开道。警车在距离防护楼门口10米远的地方停下了，后面的救护车继续朝前开，到防护楼门口才停下。救护车的门一打开，下来四个全副武装的医护人员，他们在救护车门口一字排开，全部穿着防护服，大家都很沉默。

　　因为穿着防护服看不出谁是谁，互相也不认识，我上前跟四个医护人员竖起大拇指，比了个"点赞"的手势。我没有第一时间看到病人，脑子里不停地想，病人怎么样了？车上跟了

四个人，会不会得抬着担架下来？就在我好奇的时候，病人下
了救护车——自己走下来的。

我的第一感觉是他不像个"病人"，他跟我这些年见到的
病人完全不一样：因为病人戴着口罩，看不清他的样子，我只
能看到他口罩上方的鼻梁上架着一副眼镜，头顶有点秃。除了
紧缩的眉头能让人感觉出他心事很重，他看上去再普通不过了。
他拿着一个背包，自己走下车，像是回家路上突然被叫醒，却
发现自己到了一个并不认识的地方。资料上写他姓万，比我大
一点，我就喊他"老万"。

做完了交接，我对老万说："您跟我走吧。"老万没说什
么，只摆一摆手，算是跟我打了招呼。老万跟着我进了防护楼。
后来我才意识到，那是老万漫长的治疗期前，最后一次看到外
面的天空，吹到外面的风了。

我的"隔离"，比多数人要早。1月15日，当大家还沉浸
在采买年货、迎接新年的喜悦中，对"新型冠状病毒"这个名
词并不了解的时候，我已经参与到了隔离病区的筹建当中。我
所在的医院是新型冠状病毒省级定点医院，因为要接诊感染的
病人，我们清空了整栋楼作为"防护楼"，楼里只留我们这一
个病区、我们这一队人，整个隔离病区都是我们的1位。从筹
建那天起，我就一直在这片隔离病区里，见证着这里发生的一切。

　　从病区的划分到防护用品的储备，我们为能想到的方方面面做着准备：接受培训，熟悉仪器操作……10天的时间，我和病区一起，一点点完成了"建设"。待命的时间里，整个病区空荡荡的，自己的脚步声在走廊里会发出巨大的回响，空旷、荒凉。整片病区像是和我一样，都在静静地等待。

　　直到1月24日，大年三十的上午，我和这片病区迎来了第一个确诊患者——老万。

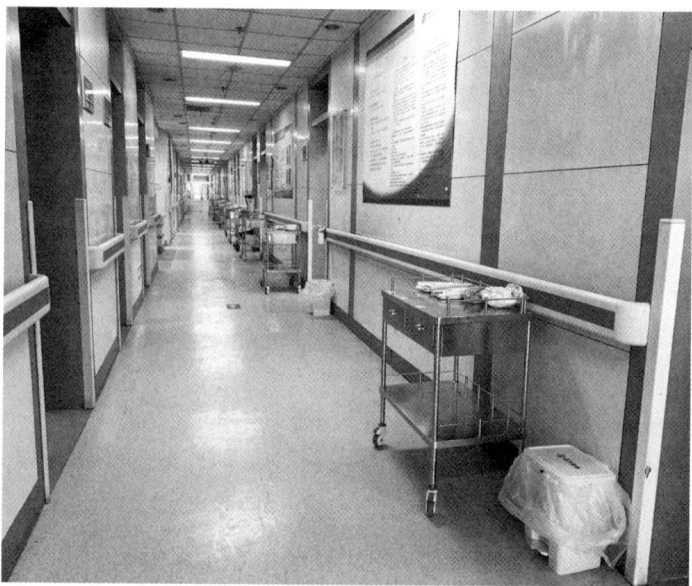

空旷的走廊

　　隔离病区在二楼，电梯从一楼到二楼只要几秒，但我却觉得很慢。电梯里只有我和老万两个人，我们都没有说话。我特意看了看老万的眼睛，但那双眼睛很空洞，里面不知道是恐惧还是不知所措。

　　其实我想跟他说两句话，但我不知道该怎么开口。他知道他被确诊了，我也知道，他明白这意味着什么，我也明白。他没有看我，可能他对这几天围绕在自己身边这副装扮的人已经习惯了。他只是木讷地看着电梯上升的数字从1变到2。门开了，他在等我先出去。

　　进到隔离病房，关上安全门，我需要给老万做一些基础的检查。量体温的时候，护士有一些紧张，我说："我来吧。"

　　我们用的是红外线感应的体温枪，但是戴着两层手套，手特别不灵活，我一不小心按错了按钮，体温枪关机又开机。我说实在不好意思，操作还不是特别熟练。然后一边测体温，一边趁机和老万说话："你感觉怎么样？"

　　老万抬起头，眼神明显错愕了一下，甚至有点惊慌，定定地看着我，开口说了第一句话："你不怕我吗？"

　　我指了指防护服，说："我穿着这些还怕你吗，倒是你，你看我这样，不害怕吗？"

　　老万挂着口罩的耳朵动了动，也许是挤出了一个笑："我很感谢您，被确诊以来，您是跟我说话离得最近的一个人。"

　　我愣了一下。

因为得病，老万没法跟别人接触，别人也不敢跟他接触，这是非常真实、无法逃避的"被隔离"，被关进笼子的感觉。忽然从一个正常人变成因疫情而被追踪的确诊病人，这个角色转变来得太快了。

"确诊病人"入院隔离，和一般受伤后去医院的感受是不一样的。受伤了自己会疼，医院会有一套完整、熟练的流程来处理。但从老万的感受来说，他现在只是有点发热，和普通感冒的症状几乎一样，却忽然被隔离在一个小屋子里，不能出去半步，谁都见不到。没有缓冲，没有过渡，发现了就被控制了，心里其实很难一下接受。而被隔离的这些天里，可能也没有人进过老万的小屋子，跟他说说话。想到这儿，我拍拍他的肩膀说："老万，你不用担心，来到这里咱就是朋友了。"

我问老万关于这个病他知道多少。老万的表情很茫然，说他也不是很了解，只知道这个病的传染性特别强，跟当年的非典很像。

我说："你说对了，是跟非典很像，但是当年我们面对SARS（严重急性呼吸综合征）的时候，防护措施是12层口罩和传说中的'板蓝根冲剂'，今天和当年可不一样了。"

其实说这话的时候，我也心虚。在这样一个大阵仗、大环境下，没有经验，没有措施，不知道怎么办，人不害怕是不可能的。我唯一能参照的就是当年的SARS。那时我还在上高中，全国都在说"抗击非典，众志成城"，我没有概念。但现在，在新型冠状病毒疫情战斗一线的人是我，我变成了抗击疫情的一分子。

回头想的时候才意识到，当年 SARS 暴发时，患者确诊人数达 5000 多。也就是说，在当时的防护条件下才感染了 5000 多人。其实 SARS 的传染性不强，是致病性强，当年那场战役的根源是防护不到位。随着病情的进展，重视等级、防护等级也慢慢提高了，也才有了今天我身上的防护服。

当年抗击非典的人和今天的我们一样，面对新型病毒的疫情，每个人都是第一次。

"对于这个疾病，你比我了解得多，"我坦率地告诉老万，"你知道它有什么症状，知道自己是什么感受，你知道你的身体里发生着怎样的变化。而我没有见过，更没有得过，你是我的'第一例'。说实话，现在我没有什么切实有效的治疗方案，请你理解，但是也请你相信我，我会和你一起面对它，好吗？"

我没法跟老万探讨具体的治疗方案，因为能给我们参考的数据太少了。我们没有药可用，也不知道什么药管用。

我也知道，说出"我也不了解，我们一起面对"这样的话，其实很冒险，相当于在自己的病人面前袒露自己"不知道"。但从我接到老万的那一刻起，我就没有把他当成病人，而是想和他"做朋友"。这是我有意为之的。

病区筹建的时候，我曾站在隔离病房那扇窗户外面无数次设想过：如果我得了这个病，我是什么状态？我是什么心情？我需要什么？

穿着全套防护服的作者

一个可以说话的"朋友"，或许就是这样的时刻最能给我安慰的。

因为穿着防护服彼此都看不出样子，医护人员会在各自的防护服上做标记。我在胸口左边写了自己的名字，又画上一颗红色的爱心，右边写了一句对老万说的话：别怕，我跟你在一起。

特殊时期，不光治疗手段需要"试"，连沟通方式，怎样面对确诊病人，怎样在这样的环境下和病人建立信任，都需要一点点摸索。

"现在全国对这个疾病都不是特别了解，我关注的可能是药物、治疗手段层面的东西，而你有切实体会，你把你的感受告诉我，我们就可以一起去面对这个事，就没那么可怕了。"

当我说完这些话的时候，我并没有在老万的眼神中看到遗憾或是悲伤。老万反而打开了话匣子，慢慢开始说他是怎么确诊的，说他的感受，他的症状。

"老万，我没有把你当成一个'病人'，你能理解这句话的意思吗？"

老万定定地看着我，说："我明白。"

我们请几个专家一起会诊了老万的病情，给他制定了适合的治疗方案。我密切关注着老万的各项生理生化指标和化验结果，除此之外，还每天固定两次，进病房和老万"话聊"。

对于这个疾病的进展，目前谁也不知道明确的阶段或者说周期，但是病人的心理状态每分每秒都在变化，随着隔离时间的延长，一天一天，恐惧、焦虑都会加重。

治疗过程中，老万会不停地问——

"今天我的化验结果怎么样？"

"我肺的胸片拍得怎么样？"

或者"有没有什么好的治疗方案？"

甚至"有没有新的治疗方案，你不敢在别人身上用的，可以给我试试！"

疫情防控中最容易被忽视的问题，就是像老万这样的确诊患者的心理问题。他们的压力主要来自对家人的愧疚，一人确诊，全家都要被隔离。这个过程中他们见不到家人，我们就是他们每天能够见到的唯一对象。

老万的隔离房间原本是一个 6 人间，但是现在只有他一张床。房间特别大，大到有点空旷。有阳台，有卫生间，阳台外面就能看到一个小公园。遗憾的是老万只能在房间内活动，不能走出房间。

每次跟老万聊天，我都会格外留意老万的反应，从他的反应判断他的状态。我需要的并不是他听我的，或是信我的，我需要他参与进来——我教老万看他的化验结果，给他讲解 CT 影像怎样看："你看你原有的病灶现在都已经缩小一部分了，这说明，我们在一步一步走向胜利！"

CT影像的前后对比，一点点细微的变化，我都指给他看。只有他动起来了，把精力放在我说的话上，他才不那么容易胡思乱想，心理压力也会小些。

其实，感染性疾病的康复主要得靠病人自身的免疫系统，用药只是抑制病毒的繁殖，并不能将其杀灭。所以说人很重要，自己很重要。而对这些被隔离的人来说，最重要的莫过于"希望"。

有一天，我发现老万特别烦躁，一见到我就像是抓到了救命稻草，着急地说："您能帮我个忙吗？"

我赶紧问怎么了。他说自己带着老婆、孩子去见过父亲："现在我被确诊了，我父亲也被强制隔离了，我父亲80多岁的人了，生活不能自理，脾气又倔，我这实在是没办法了……"

老万听说父亲一直抗拒隔离，特别不配合，因此非常担心。"您能帮我协调一下，让我老婆跟我父亲在一块儿隔离，这样也能照应一下，或者在家隔离吗？"

这对我来说是一个不可能完成的任务，因为牵涉到两个医院，我没有权利去干涉隔离政策，但是作为老万的朋友，我知道这个电话对他来说有多重要。

我抱着试试看的心态打电话给疾控中心，说明了情况。疾控中心很重视老万的情况，答应尽量协调。第二天，老万的家人就过去照顾老万的父亲了。当天下午，老万父亲的咽拭子核酸检测显示阴性，被获准居家隔离。

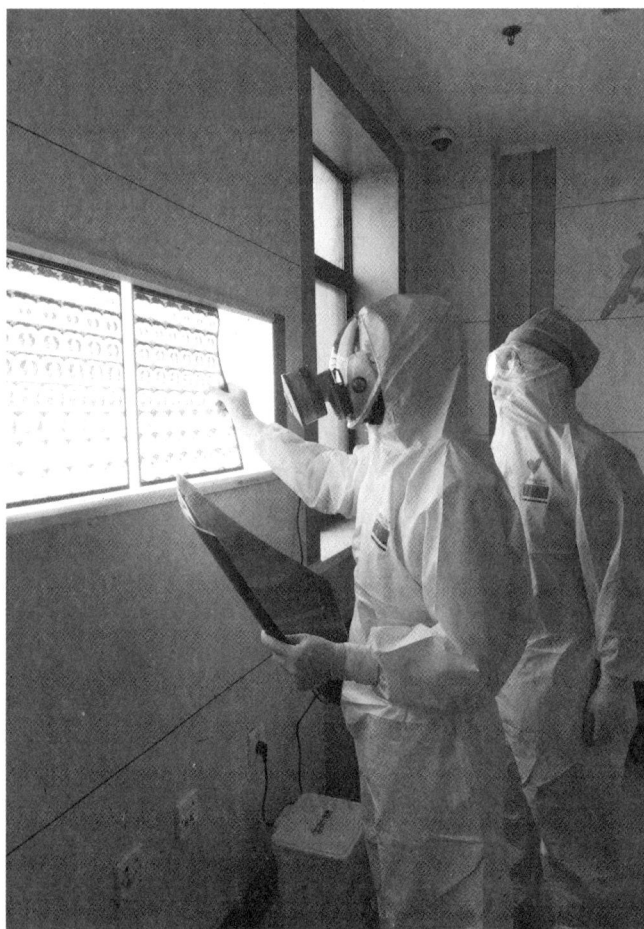

医生在讨论病人的 CT

　　我把这个好消息告诉老万。老万的脸被口罩遮盖，但露在外面的那双眼睛热切地看着我，眼圈渐渐红了。老万没说话，却主动握了握我的手。

　　我正在用我的方式支撑老万参与到自己身体的这场"保卫战"中。

　　当天晚上，同事们都去清洁区吃饭了，病区里的病人都睡觉了，我一个人在隔离病区值班。只是值班而已，却几乎是我人生中最难熬的一个小时。

　　那一个小时里，我接触不到任何人，能听到的只有自己艰难的呼吸声，能看到的只有护目镜前面这一点点视野。我忽然想打电话，打给谁都行，我想跟人说话，我想周围有个人，我不想独自承受这一刻的孤独。

　　白天，我在病人、同事面前是"小太阳"，是带来希望和光亮的人。但夜晚，在隔离病区的走廊里，待眼前的一切都安静下来的时候，我终于能面对我自己，才发现原来自己也有撑不住的时候。

　　我在隔离病区里进进出出这么久，但一想到那晚近乎静止的一个小时，就感到绝望。那一刻，我觉得自己更懂老万的心情了。

　　老万是家里的老三，他自己在武汉，另外两个哥哥都在我们这个城市。大年初　，老万的哥哥来给老万送饺子了。哥哥一见到我就拉住我，说带了两份饺子来，一份给老万，一份给

作者在隔离病房外

我。"您不用担心，这个肯定是干净的。"

但是我确实不能吃他的饺子，因为我们的病区里，所有物品都是单向流动，病人的物品是从病源通道进来的，一旦进来只能利住，不能再往清洁区走。

哥哥转而给我拜年："您辛苦了。我弟打电话都说了，我知道您很勇敢，但是您要保护好自己。今天是大年初一，我给您拜个年吧。"

说完给我深深鞠了一躬。

那一刻，我真的差点绷不住。我突然意识到，我们和病人之间其实是互相支撑的。

我一直把自己想象成战士，在战场上坚决不能退缩，不能有任何思想波动。但其实我也清楚，自己就是个穿着白大褂的普通人。从 1 月 15 日开始一直到现在，没有昼夜、不知阴晴、连续不断地工作，听见老万哥哥那句话的时候，我特别想家，想往家打个电话。

我想告诉老万，也告诉那一晚的自己：别怕，有很多人跟我们在一起。

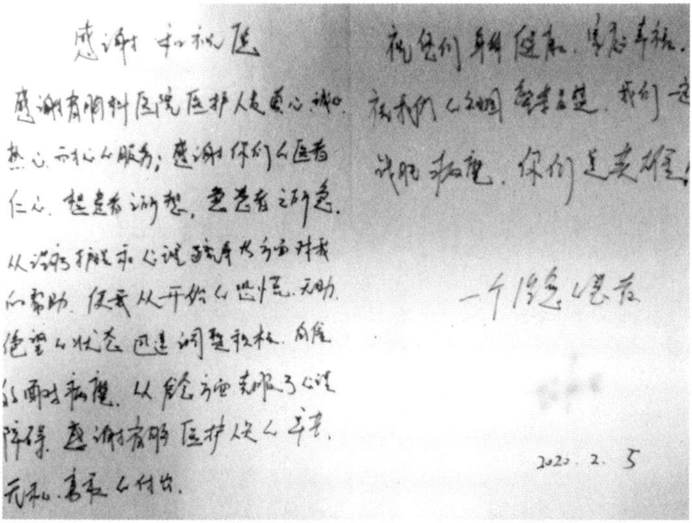

老万写给医生的感谢信

寂静的春

炮局胡同羊坨

　　昨晚，我接到电话，话筒那边的姑娘又是抱怨又是担心。

　　她是我朋友的对象，得知武汉的疫情很严重，寄来十个口罩，没想到我朋友转手就给楼下的环卫工人了。我朋友说家里还有口罩，但那个片区的环卫工人是外包的，在没有口罩的情况下工作很危险。结果他回家后，发现自己的口罩都是过期的，家里老人的降压药也吃光了，他只能戴着过期口罩，提心吊胆地去了趟药店，出去了才发现药店没开门，超市的菜架是空的，只买到了泡面和饮料，几天来都在吃这些东西。

　　我说行，明天想办法借车过去。

　　如果遭遇封城，家里的食物大概能够吃多久？不久前，这还是个极其无聊的问题，现在却是人人需要计算的事实，武汉的家庭正逐渐失去囤年货的习惯。如今，过年对于居民的意义，是热干面从4块钱涨到5块；盒马和美团上买菜的家庭多，而腌制腊鱼、腊肉的家庭少；如果一个人有喝酒的习惯，以前是晚上开始喝，现在中午就会开始喝，此外没有什么别的区别了。

元旦的时候，社区网格员问我妈要不要拼购冻牛肉，比超市便宜。于是几个邻居合买了一百斤冻牛肉，在小区里就地分掉。网格员神通广大，还能以三分之一的价格买到香辣虾店里卖剩的虾。当时我责怪妈妈：买新鲜的不好吗？如今，这些牛肉成了家里的宝贵财产。

准备出发去朋友家之前，我把冻牛肉块装进塑料袋，还有茄子、冬瓜、饺子和外科口罩，系紧袋口，再提上一条腊肉。这些配上主食应当够三口之家吃上一周。但就在下午，交管部门规定禁止机动车通行。

我家住在老城区，离朋友家有一段距离。公交车已经停了，快递只送药物。还剩最后一种可行的办法：如果能找辆自行车，就能跑最短的路线，直接穿过这片城区。

我选择在半夜才出门，因为这时遇不到什么人，感染的可能性最小。另一个原因，就是我妈已经睡了，她不会知道。我套上吃香辣虾的塑料手套，提着东西，把口罩和鼻翼间的缝隙死死贴紧，蹑手蹑脚地出去，生怕发出什么声音惊动她。

就在两天前，腊月二十九的凌晨两点，几个软件同时弹出消息——武汉封城。

我把妈妈推醒。妈妈退休后又被返聘到某局做志愿者工作，早晨要上班。我笃定地告诉她，肯定不用出门了，公共交通全都停了，没人担得起这个责任，等通知吧。

根据脑海里残存的常识，我得先储存食物，囤点儿蔬菜。妈妈要我把手推车推上，我说"不至于"。

街道泛着冷冷的光，两三个讲武汉话的大男孩从足浴城出来。正是一年中洗浴中心或者酒吧爆满的时间，这些大男孩的压岁钱基本会在初三之前花光。这样的习惯会一直延续到结婚，然后被收走钱包或转为地下活动。

谢天谢地，超市还开着灯，工作人员正把肉类收进塑料袋里，卖不卖，怎么卖，还得听老板说。绿叶蔬菜没有，只有茄子之类耐储存的种类。我看看菜价，倒是年关的正常价格。我买了5斤冬瓜，2斤茄子，50个鸡蛋。这些够吃一个礼拜了。

店里已经有几个闻讯赶来的顾客，一位戴口罩的男性正把三大包方便面装进购物篮，他隔老远向我举起购物篮，相互眼神致意。"也没必要搞特别多，够几天吃的就可以了。"我说。"是啊，留一点给别人。"言语间对自己大惊小怪半夜出门有些不好意思。

回家已是清晨，我听见外面响起手推车轮碾过地面的声音，此起彼伏，整栋楼起床的人都出门抢购了。

我妈的工作群里，每当领导一发值班计划和通知，就立刻有人争先恐后积极回复，问候一句新年好也会跟着出现此起彼伏的祝福，从没冷场超过5分钟，聊天内容打错一个字都会撤回重发，严肃紧张，团结活泼。

　　就在那天上午8点，妈妈并没有收到放假的通知。妈妈在群里问了一遍，平时热闹的工作群陷入了长久的沉默。她又私下给领导发了一遍，还是没有人回复。我特别想知道，上级今天早上起床的时候在想些什么，还是也在像我妈一样等通知，工作群里面的每个人都在想些什么——他们想不想去，怕不怕。没有车的家庭是不是也想过公共交通停了后应该怎么回来，自己会不会在长距离步行中被感染。

　　妈妈没有收到回复，选择出门上班。我不让去，她就偷偷走了，等我打电话过去时，她的语气像是已经做好了挨骂的准备。最后，妈妈沿着长江旁的大道，将近6千米的路程，走了两个半钟头。那天，所有本该在地铁、公交里的人都出现在了街头。

　　两天过去后的现在，城市已经空了很多，偷偷出门的人变成了我。

　　我给自己规划了一条最短的路线，从中山大道穿过武珞路，再到职业技术学校，来回32千米。骑车的话应该只要两个多小时。

　　小区里有三辆摩拜单车，一辆的座板歪了，另一辆的车篓里扔了只废弃的口罩，我像被电打了一样跳开，第三辆正合适。

　　我骑车出发，沿路到处可见四散开花的垃圾。是不敢下楼的人从楼上扔下来的。黄鼠狼在马路中间吃得头埋进垃圾袋里，见有人来，愣一下，也不躲，在路灯下继续吃。城市里的流浪猫没人管了，在翻垃圾桶。我经过的时候，它们隔着老远谄媚地喵喵叫，看不到的地方还有几只，像小孩在哭。

沿途的楼房窗口没有灯光，只有空调外机的声音告诉我，人们都还在，我骑行在深蓝色的大路上，感觉城市像海。

街上没有想象中冷，身子很快就暖和了起来，糟糕的是鼻子开始发痒。我不敢用手去碰，一路都在拼命忍住。

我可能是武汉市最早戴上口罩的一批人，这完全出于巧合。

作者携带着物资出发

寂静的深蓝色大路

1月12日，有人发给我几张群聊截图，我思考了一下，不像是假的，这是第一个巧合；正好朋友送了我几个鼠灰色的时尚口罩，棉质的，不太管用，但至少能防飞沫，这是第二个巧合。其实对有鼻炎的人来说，戴口罩呼吸不畅，极其难受。

当时很少有人戴口罩，我见到过一个在地铁上戴 N-95 型口罩的，路过的人都盯着他看。太突兀了，就像看到戴防毒面具的人那样。直到封城前，街上戴口罩的人也没超过三分之一。环卫工人没戴，卖热干面的阿姨没戴，以电视、报纸为信息来源的大多数人都没戴。

封城之后，几乎每个人的朋友圈里都转发了患者求助，诉求只有一个：希望住进医院。人们互相传递的信息不再是几张没头没尾的截图——来自"我听说一个人、我朋友的朋友"，而是"我""我的邻居""我的朋友"。我的校友发了条令人心碎的消息：爸，愿往生净土，离苦得乐，定位是金银潭医院，那是患者确诊后会被送去的地方。对校友的父亲而言，武汉有没有加油，是不是必胜，已经不重要了，他的战斗已经结束了。

在微博上发言的患者先是被指责造谣——"医院不可能放过疑似病人的""你就是普通的肺炎，为了蹭免费医疗"，后来变成"总有个先来后到吧，不能因为你发了微博就给你床位"，就像煎鱼似的熟练颠锅翻了个面。

人们总认为自己比本地人更了解情况，在下面评论：去找刚公布的某某医院，去找社区，去打120。仿佛这些路都走得通，只是患者不去走。

医疗资源的极度缺乏，使原有的权力结构重新洗牌。平时被认为能办事的人、会获得优待的人，也得按照亲疏、关系远近接受二次划分。

一些人在这个过程中死去，许许多多人在与家相隔遥远的

24家定点医院间绝望地步行。

　　大家在群里开玩笑，说就像身处魔兽世界里的东瘟疫之地。汉阳的怪可能57级，武昌好点，54左右，汉口起码60，大家彼此身处被水面分开的三片大陆。

　　人在家待久了会失去对时间长度的正确感知，觉得已经很久了，一翻日历才过去四天，我自己的房子好像变成了一艘船，在海上漂流。

　　这些记忆，是注定不久后会被遗忘的至深恐惧，会被用来自嘲，会被忘记，所以也就不会有人知道自己多么幸运。

　　但此刻出行的一路上，我切身感受到这种恐惧。我遇见的第一个人是模糊的影像，有辆电动车贴着我肘尖掠过，带走黑色的影子，留下风。我暴露在外的皮肤感受到他带来的气流，我屏住呼吸，直到彻底看不见那个人才大口呼气。

　　这件事使我惊魂未定，越骑越靠里，不停回头张望，我意识到我在想什么：我在恐惧人，同时又渴望看见人。

　　在这个城市，人就是这样开始害怕自己的同类的。

　　在楚宝巷口，我见到三个人，提着医院里装CT片的塑料袋，他们也许走了一天，现在还在继续走。

　　大部分武汉居民不会在一生中两次登上黄鹤楼，也从未在

夜深回家的人

夜晚见到楼上的灯熄灭过，如今这灯也灭了，暗夜里变成漆黑的团块。好几辆救护车鸣着警笛在大桥上疾驰，是尘土的味道，我屏住呼吸。

　　友谊路口有方圆 5000 米内唯一亮着灯的便利店，有顾客提着食品出门，把购物袋高高举起，用手机拍照发朋友圈。长江大桥引桥下，一位外卖小哥把车停在花坛边休息，另外三位分属不同公司的外卖小哥正骑车上桥，间隔 10 米，偶尔回头交流一两句。人很小，桥很长，像执行任务的蜗牛编队。

　　下桥处，我遇到了一位年轻的外国人，应该是留学生。这里离任何一所大学至少有 5000 千米的距离，那些他可能熟悉的地方——啤酒 10 块钱一瓶的 Helens、有乐队演出的 VOX，所有能打发异乡寂寞的地方都关门了。他骑得很慢，一点一点往长江大桥骑过去。

　　一辆闪着车灯的 SUV 在陆军总医院（现更名为中国人民解放军中部战区总医院）门口等候，司机正倚靠着车门，双臂抱胸，门诊部里人头攒动。

　　到了目的地，我和同样全副武装的朋友简短寒暄，把货递给他。他给了我一瓶红酒，是瘟疫时期的以物易物。回家路上，我去罗森便利店给猫带了鸡蛋和矿泉水，猫已经走了，我把食物留在那里。有人睡在骑楼下，身边有辆手推车，应该是以固定收垃圾为生的拾荒者，我将两个口罩轻轻抛到他醒来能看得见的地方。

到家，关锁，口罩湿透，我一把拽掉吃香辣虾的手套，把外衣扔在阳台，用酒精消毒脖子和手。扣费提醒七块五，狗日的摩拜，幸亏有摩拜。

封城第十天，街上的人开始变多。多半是因为必须要出门买菜了，既然不得不出门，那最好的态度就是装作什么都没有发生。

如果一个人关掉手机，关掉社交软件，对外界的消息充耳不闻，就会觉得一切如常，今天就是春节假期里平常的一天，大家幸福地在阳光下散步，只不过一夜之间，人们的脸上冒出了口罩而已。

买菜的人群中，口罩仍然体现阶层。穿着考究的，或者受过教育的，脸上都是医用级 N-95 型口罩，有些还能兼顾防护和美观。大多数人戴的是浅蓝色的一次性防护口罩，许多老年人戴的是棉布口罩，自己做的，只有安慰作用。

就像硬币的正反，你可以相信你看到的每一面：能买到新鲜蔬菜，虽然种类不多，也算能供应上。超市员工会用测温枪指着你的脸，三秒钟，没有问题就可以进入。好像也不过如此，行人的神色并不特别，甚至人与人之间比平常更加宽容些。

但我看到一个没有戴口罩的老太太从超市玻璃门前走过，她已经很老了，提着空的菜篓；所有人都戴着口罩，只有她把

在武汉街头的露宿者

脸露在外面，阳光照在她脸上。

　　这位老太太仿佛陷入了一个闭环，和这座城市里许多人在这段时间遇到的逻辑类似：超市要戴口罩才能进，口罩在药店，药店还没开门，她可能尝试去买过，可能没有。她会不会疑惑，为什么一夜之间人们都消失了，街上为什么买不到菜。

如今一个人要买到菜，有网上生鲜超市，有微博发布求援，无论如何都能办到，就像此地许多不可能却为之的事情那样。

但我看她走在街上，像从两个礼拜前到来的穿越者。我看着她的脸，想象了很多种可能，也许只是她不想戴口罩，现在正回去拿。

某种感觉萦绕着我，经久不散。我想了很久，终于明白那是什么。那是一种我们今生从未遇到，而祖辈并不陌生的情形：在灾荒、洪水之年看见人饿死。

遗愿清单

徐阿兰

2020 年 1 月 28 日，大年初四。高铁上人很少，前后排都空着。我和父亲、母亲戴着 N-95 型口罩，费劲地努力呼吸了 7 个小时，除了吃饭再没摘下过，一路从长沙老家回到上海的家里，筋疲力尽。

晚上，我突然脸上发热。我悄悄挪到远离电取暖器的地方。过了会儿，还是热。我偷偷跑了几趟卫生间。镜子里，双颊红通通的。用手背试额头、脸颊，比平时温度都高。体温计就在客厅的药箱里，我不敢去拿，怕爸妈知道吓到他俩。

我今年 30 多岁，乳腺癌四期，我挣扎于癌症之中、在死亡边缘已经 1 年了。难道，我竟然要被新冠病毒提前送离人世？

我的遗书才写了一半。

身上燥得很，翻来覆去地睡不着，我开始胡思乱想：如果感染了，应该不是在长沙。那几天我几乎没出过门，小区里据说也没有从武汉回来的人。那是在高铁上中的招吗？可我没和别的乘客接触啊。

9天前，1月19日，我们一家三口搭高铁从上海回长沙老家过年。车厢里除了我，没人戴口罩——包括我父母。我戴口罩不是因为病毒，而是因为癌症。2019年我做了十几次化疗，随后口服靶向药，白细胞一直低于正常水平，免疫力差，感冒要一个多月才好，所以外出总戴口罩。应该也不是父母那时被感染了再传给我，他们并无症状。

我记得第二天，1月20日，长沙的天气不错。爸妈忙着收拾空了一年的房子。我仔细化了妆，出门参加同学聚会。湘菜馆生意火爆，提前预订才有桌子，香辣味儿让人精神一振。难得吃到久违的湘菜，同学给我要了一杯水，让我涮菜，他们知道我在做化疗，胃黏膜太脆弱。但并没有更多地特殊对待我，这也是我希望的。吃完饭，大家转到湖边咖啡馆聊天，阳光正好，风也正好。现在想起来，这么平常的一天，却是春节期间最美好的一天了。

聚会吃饭时，我肯定没戴口罩，其他同学也没戴。对了，想起来了，就是这天，我看见微博上有人说，钟南山带队去了武汉，调查新型冠状病毒肺炎。

2003年非典时期，我正在北京实习，被困了几个月，对"钟南山"这个名字印象深刻。当时谣传北京要封城，我亲眼看见一个三层楼的超市里的粮食被大家哄抢买光了。

难道是同学聚会上我被传染上了，现在才发热？我想不明白。

我脑子里继续"追踪"被传染的可能性。同学聚会的第三天，1月22日，我很危险。那天我去了医院。

我在吃靶向药，有很强的骨髓抑制作用，需要密切监控白细胞和中性粒细胞。那天去医院就是为了检查血常规。

那天早晨，我一起床就看到了坏消息，湖南确诊1例，就在长沙。出门前，我特别严肃地跟爸妈强调："专家说，新冠肺炎致死率较高的患者主要是老年人和有基础病的人——我是后者，你们是前者，一屋子高危人群，要格外小心。"

爸爸小声提醒妈妈，出去买菜一定要戴口罩。但他自己戴口罩时却状况百出：先是里外搞反了，蓝色面朝内，然后又把上下搞反了，金属条戴到了下巴上。

那天，进医院门前要测体温，医生戴了口罩。但大街上、人群中，好像就我和爸爸两人戴着口罩。莫不是因其他人几乎都无防护，就让我也中招了？

化验结果当天就出来了，白细胞2.7（正常人水平的下限是3.5），是我的一贯水平，还不到停药的程度，但在当下，就显得很危险。本来有个同学说要带孩子过来看我，我担心自己容易感冒，发信息拒绝了。也是从那天起，我决定不再出门。

坏消息一个接着一个。我去了医院的第二天，1月23日，武汉宣布封城。紧接着湖北全省封闭，7部春节档电影集体撤档。

我有个癌症病友微信群，每天几百条信息刷屏，满眼都是"武汉、病人、医院、口罩、消毒液"这些字样。每个人的情绪扔到这个大池子里，好像就能被稀释一点，好受一丁点。

群里有个病友 1 月 15 日去过武汉同济医院血液科看病，呼吸科就在同一层，候诊时至少有 200 人！而那时除了她，几乎没人戴口罩。她回上海后意识到自己的危险，立刻自我隔离。有没有药不知道，年后能否继续治疗不知道，现在大家更关心她是否在医院被感染了。

我和父亲那次到长沙医院之行，也一样危险吗？万一中招没救过来，我可能直接就被拉到殡仪馆火化了，那我的遗愿就无法实现了……

真希望不是新冠肺炎，再给我一点时间，我想把遗书写完。

就这样，回上海的第一个晚上，我因发热辗转反侧。

第二天，1 月 29 日早上。昨晚没睡几个小时，天就亮了。我起床赶紧找出体温计。一量，36.5 摄氏度。万幸！

突然想起来，昨晚会不会是在药物作用下出现的"潮热"呢？不知道。不过武汉、湖北以及全国的疫情形势越来越严峻了，上海也越来越危险了。截至 1 月 27 日晚，上海累计发现确诊病例 66 人，最大 88 岁，最小 7 岁；2 例病危，3 例出院，1 例死亡。尚有 129 例疑似病例正在排查中。而新闻上说的潜在传染者究竟有多少，谁都不知道。

我绝对不能被感染。

我花了一年，才有了死于癌症的准备。但我哪能想到又冒出个冠状病毒疯狂暴发。我不想死于这个病毒，我根本没有这个准备。

医院，此时已经是危机潜伏的地方，而我为了活命，今天不得不再去一次。我要打的针必须每28天注射一次，延迟不能超过3天。

为了节省N-95型口罩，我自己坐地铁去医院。地铁里空荡荡的，一列车只有七八个人。靠近地铁出口的医院小门关了，所有人都从大门进出，保安用额温枪逐个地量体温。

肌肉注射结束得很顺利。医院还没全面开诊，只有零星几个病人，我有点后悔，真不应该浪费珍贵的N-95型口罩，戴普通的防霾口罩也许就可以。

我只有12个珍贵的N-95型口罩。在癌症死神把我带走之前，它们是我抵抗新型冠状病毒死神最重要的防线。

同学聚会那天回家后，我还在长沙，想到了要备口罩，但打开手机却发现，京东自营和天猫超市里的医用口罩都缺货了。我扩大搜索范围，只有一家店还有N-95型口罩，3个38.8元。我有点心疼，选择数量2，犹豫了两分钟，改成数量4，下单付款。

后来儿天，网上的口罩全部"下架""卖光"。爸爸去药店也没买到。春节前的一个晚上，堂哥开车送来一包医用口罩，

地铁车厢内人很少

"械"准字的，很薄，做工粗糙，总比没有强。

23日，快递送来了那12个保命的N-95型口罩。

当时有朋友建议我尽早回上海，我很犹豫。去年，爸妈来上海照顾患病的我，被圈在20多平方米的屋子里，没有朋友、没有娱乐，压抑了很久。现在他俩回到熟悉的老家，轻松了许多。我不忍心提前结束他俩的假期。

但每天，微博上的求助信息越来越多，各地的防控措施越来越严，我的恐慌感沉重起来。还有，我只带了两个星期的药量，万一上海封城，我回不去，病情就会失控。我提出改签车票提前回上海的想法，爸妈同意了。

我清晰地记得这个长沙的除夕夜，妈妈做了一桌丰盛的年夜饭。但我们的生活被病毒搅得乱七八糟，就像去年被癌症搅得乱七八糟一样。

妈妈做了一桌丰盛的年夜饭

一年多以前，2018年9月，上海。

我跳槽、升职、加薪，忙得人都是"雾蒙蒙"的，也是那个月，我摸到乳房有个肿块。但觉得一切有奔头，就咬咬牙坚持下来，快过年了才去检查。

乳腺癌二期。医生说，过完年安排做手术。我挺平静的，因为我知道乳腺癌的愈后还不错，做完手术，休息半年，还能回去工作。

2019年2月8日，也是大年初四，我腰痛。到上海市第一人民医院急诊拍CT，片子显示，癌细胞骨转移了，我的整个脊椎都黑了。癌症四期！我失去了手术和放疗的机会，这下事大了。

医生建议我采取姑息治疗，尽可能地延长生命，改善生存质量。但我还能活多久？3年？5年？还是更久？医生也不知道。我怕截瘫，就在那个星期住院了，还错过了IMAX版的《流浪地球》，遗憾了一整年。

化疗持续了6个月，夏天时我进入内分泌治疗的阶段，以口服药来治疗，希望能控制肿瘤不要长大。当身上不痛以后，我离开了轮椅，行动恢复正常，可以自己穿脱衣服、洗澡、走、跑，自己坐公交车。我又活蹦乱跳了。身体尽量维持的这半年，我想拼尽全力把自己的生活拉回正轨。

我还是会化妆，像以前一样，把自己收拾得好好的。我还把之前因工作忙没能顾及的爱好都发掘了出来：看了6部音乐剧、六七部话剧、两三场音乐会，和年轻女孩一起追星，练字，学播音，还想学编程。我必须把每天都当最后一天来过，必须都有所交代。

9月份，我回到公司，原来的职位没有了，同事都对我挺客气的，但太客气了，我没有任何事情可做了。我想万一这份工作没有了，我之后怎么赚钱？父母都有退休金，生活无忧，但治疗就很难继续下去。

有意思的是，那时我在微博上写剧评，中了投稿抽奖。今年年初公司年会，居然又中了个kindle。真不知道这是幸运还是不幸。

从上海回长沙过年时，我原计划每天练一小时字，学一小时英语，写完一篇论文，还要上完Python入门课程。

癌症病人很懂得规划时间的。

但现在，我从早到晚地在网上搜索口罩的相关信息，看病毒的科普知识、各种媒体报道，关注武汉、长沙和上海的疫情发展情况，真真假假的消息，我再也没去管学习计划了。

我的遗书躺在电脑里已经有半年了。无论我如何努力将生活拉回正轨，我知道，有一件事我很可能拉不回来——生存。

网上说，四期乳腺癌的5年相对生存率为22%，这意味着，22%的人在确诊后能活过5年。但我会是那个幸运儿吗？

我确实需要一封遗书——

"我捐献眼角膜，并且捐献遗体给复旦大学上海医学院。"这是我的遗书开场白。我首先交代的是我的遗体。

然后我一定要把爸妈托付给几个好友帮忙照顾。

"很不好意思地想拜托 ××，督促我妈妈每年去做一个乳腺和卵巢癌筛查，还有我爸爸每年要去复查。"

爸爸喜欢拍照，妈妈喜欢制作小视频。

"很不好意思地想拜托 ××，每过两年帮我爸爸妈妈换一个手机，好不好？"

我还要给我的小遗产——单反相机，尼康镜头，N 本词典，百来本藏书，淘来的耳环、项链、胸针等小玩意儿，找到合适的下一任主人。

"我有一个满钻的船锚形胸针、一个带珍珠的松树枝形胸针和一个故宫扇子形的胸针，给 ××，她提到过她很喜欢。"

对了，我喜欢音乐。

"哀思会上要放《樱花树下的家》和《不说再见》这两首歌。"

《樱花树下的家》算是我母校武汉大学的"非官方"校歌，现在的小孩不怎么知道了。

我们的武汉，正是 2020 年这个早春，中国与世界最关注的地方。我们的武大，正是我生活了四年的地方，四年珞珈山樱花与东湖相伴。

忘了说了，《不说再见》是我喜欢的综艺《声入人心》结束后，一个成员给参与节目的所有人写的，其中有一句歌词我最喜欢——"挥挥手道别，我的伙伴，不说再见就一定会再见。"

2月3日，上海肿瘤医院年后开诊的第一天。上午，病友发来一张照片——医院门口排的长队，长队可能超过了500米，她等了将近两个小时。这样的人群密度太危险，只要有一两例新型冠状病毒感染者，就可以放倒一大片肿瘤病人。新型冠状病毒，给我们肿瘤病人叠加了一层死亡的阴影。

病友群里还在焦急地讨论，化疗推迟、中断，都和这次的病毒相关。大家的情绪在发酵。微博上，无法透析的尿毒症患者、无血可用的白血病患者、被拒收的新确诊病人、化疗中断的病人纷纷求助，字字泣血。物伤其类，我担心有一天，会不会我也求告无门。

那天，我和爸妈困在家里，大吵了一架。吵完后我觉得舒服了一点。而为什么吵架，我到现在也没想起来。

这一周，我打开电脑，抓紧修改遗书。

之前，我打算死后把我的小房子委托给朋友出租，租金给爸妈补贴生活，后来想到还有房贷，就改主意了，但钱没想好怎么处理。

"上海的房子，请××帮我卖掉，所得的钱最好不要一次性给我爸妈，免得他们受骗上当。"

我在遗书上新加了这一条。

医院门口的长队

2月5日，我照例每月一次，去医院抽血化验、开药、打针，我必须继续这一过程。对于癌症病人，规律治疗是唯一的保命途径。冒着被病毒感染致死的风险去保命，想起来又好气又好笑。

N-95型口罩、护目镜、毛线帽子、一次性雨衣——路过玻璃橱窗时，我看到自己仿佛变成一头大熊。爸爸也穿上了雨衣，他舍不得用 N-95 型，就戴了两个普通防霾口罩。

医院门口出现了一个棚子，里面是医院的工作人员，他们负责对进入医院的人进行红外测温。所有人还必须核验身份证或者医保卡，持外地身份证的人从另一个通道走，额外填表，二次测温。

门诊楼里人不少，都戴了口罩，还有别人的"一次性雨衣"，看着令人安心。也许是怕接触按键导致交叉感染，二楼的自助挂号机全关了，病人只能到人工窗口，排队挂号。这个过程中，如果听到谁咳嗽一声，我都会吓一跳。

有个七八十岁的老爷爷，弓着腰，颤巍巍地跟着队伍往前挪。他耳朵背，也没预约。医生扯着嗓子喊："老人家，现在没有预约的人都不给看了，看你年纪这么大，今天就破个例。"

开完药，我上楼抽血，再去做输液和护理，插好针后排队输液。医院实行单向通行制，前门进后门出，比平时多绕了几个圈。

我被 N-95 型口罩挂耳的带子紧紧地勒着耳朵根；护目镜的镜脚卡着头，太阳穴"突突"地疼；雨衣不透气，身上闷出了一身汗。今天要化验肝肾功能，我空腹来医院，等到坐下来输液时，眼前一阵发黑，恶心想吐。

一直饿着肚子回到家，我把雨衣脱下来，卷成一团塞进垃圾袋里。我瘫在椅子上，动也不动，累得想哭。这才是我的第二关，还有两天的检查关要闯。

2 月 6 日，我再次去医院做 B 超、胸部 CT 和核磁检查，是两个月一次的常规评估检查，只要病灶没扩大或出现新的转移，就算胜利"续命"。

仍然是穿得像大熊，口罩、护目镜、帽子、雨衣样样齐全。N-95 型口罩就放在客厅里，每次去医院前，我都在心里默默地数："用掉一个，还有 8 个，还有 7 个，还有 6 个……"

那天，医院的核磁等待室里有二三十个人，大家都戴着口罩，自觉地分散坐着。

"你得去发热门诊！"我刚坐到角落里，就听见护士大声说。

聚在前台的人群立马散开。一位戴口罩的黑衣男士跟在全副武装的医生后面走了出去。门口的人群立即后退。

"我是浙江人，但我做完化疗就一直住在上海的。"一个身材高大的光头女人挤在分诊台，嗓门很大。

"你嚷什么，旁边坐会儿，待会儿再量，不然你量三次都高，只能去发热门诊了。"护士说。

一个戴毛线帽子的女人在我旁边坐下，她刚量了第二次体温，还是高。我向外挪了个座位。

"我是因为跑过来热的，真的，我一直住在上海的。" 她转头看我，笑了笑。

我没回应。她又跟我搭腔："你身上的衣服是在网上买的吗？是防护服吧？"

"不是，就是一次性的雨衣。"

过了一会儿，她又转过头来："哎哟，我都不敢去测了。"

她第三次测温终于通过了。

终于轮到我了，37.6摄氏度！难道不幸中招了？！

护士叫我到旁边坐一会儿再量。我心里开始嘀咕，我进门时量体温都正常啊，会不会是体温枪过热啊？

我听从爸爸的意见，把衣服解开，去门外站了会儿，回来再量，36.9摄氏度。护士还有点不满意："哎你刚才出去了，都量不准了——算了算了。"

我不太服气，想再量一次，犹豫了一下，还是微微胆怯，非常时期就不争这口气了。

在准备室，我按要求取下有金属条的口罩，脱掉雨衣、护目镜、帽子和衣服，换上拖鞋，穿上检查服——刚刚从上一个病人身上脱下来，还带着余温。

我走进核磁室，前一个病人从检查台上下来，医生就催我趴上去，放脸的垫子没有消毒，我闻到别人的香水味儿和油脂味儿。我只能祈祷这个密闭的房间里，没有来过新冠肺炎患者。

2月7日，小雨停了，天还是阴沉沉的。今天还要做核磁检查。

等候期间，一个病人开玩笑说："好像没听说癌症病人得肺炎呀，是不是癌细胞跟病毒相克？说不定来个病毒，就把我身上的癌细胞消灭了！"

我想反驳，利用病毒杀死癌细胞的想法，目前还在研究阶段——但我心里真希望它能"以毒攻毒"啊！

我突然想到 2019 年春节，我想选 IMAX 厅、最贵的厅去看《流浪地球》，没想到大年初四就入院了，那个年，我和家人过得冷冷清清。2020 年春节，整个国家都特别不太平，我又错过了《中国女排》（后更名为《夺冠》）和《紧急救援》。但这一次是撤档，总还会上映的。希望总归是能续上的。

我又想到我的遗书还躺在电脑里。我断断续续地写到了 2020 年春节前后。从上海写到长沙，从长沙写到上海。

即便是乳腺癌四期，我还能体面地、正常地生活。在死亡来临之前，我有充足的时间跟家人从容地告别。但现在，一旦我被病毒感染，就要被隔离，常规治疗会中断，肿瘤会生长，工作会再度被打断。最后，我不是被病毒吞噬，就是被一团乱麻的生活捆绑到窒息。

和死亡耗了这么久，我对死不再有强烈的恐惧，但我不能先败给冠状病毒。某种意义上，我接受了早逝于癌症，但我没想到，也不能接受提早逝于病毒。

我不想再写一版我的遗书。

我在医院里坐着，边想边等。胸部 CT 的结果终于出来了，我的两肺纹理清晰，右肺中叶新增一枚微小结节。我的身体暂时没被新型冠状病毒入侵！我在遗书中写下的"捐献眼角膜和遗体"这个愿望能实现了。

我不用新写一版我的遗书了。我只想面对一次死亡。

作者本人的照片

最漫长的手术

陆
接
骨

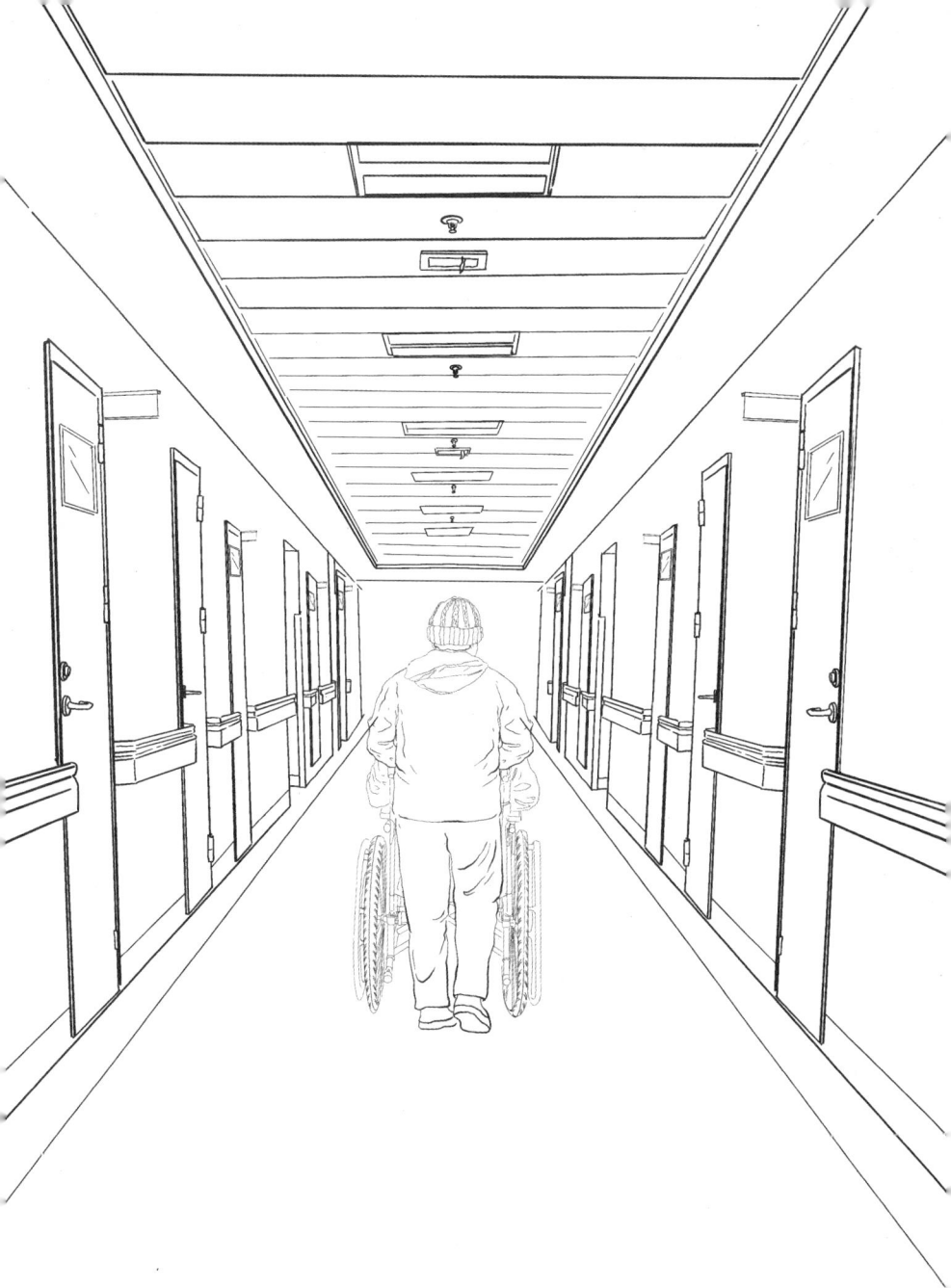

　　我本以为这是一场顺利的截肢手术。大多数患者听到"截肢"都会大吵大闹，说什么也要保住这条腿。而陈全这位还算年轻的病人却很平静，不需要我花时间去解释、安抚，马上接受了事实。

　　大年初三，陈全因小腿的血管堵塞被医院收治，取完血栓的第二天，他的左脚脚趾开始发黑。主任在那时告知他要截肢了。他说"好"。

　　等到相关的医护人员就位，已经是周末了，按照规定是不安排非急诊手术的，最快只能等到下周二，也就是农历正月十一，那时距离陈全获知自己要截肢的消息已经过去一周了。陈全还是说"好"。

　　手术当天，我本以为应该没什么问题了，这个安静的病人说什么也能得到治疗了吧，却忘了现在是疫情期间。我到了陈全所在的手术室后，护士告诉我骨科医生被"赶走了"——"骨科发现了新冠肺炎疑似患者，他们整个病区的所有医生护士都被隔离了。"

我有点蒙，陈全已经等了一周，此刻正饿着肚子，左脚全黑，在手术台上躺了1个多小时。

我是南京市一家三甲医院的外科医生。因为大年初六要去医院值一个24小时的班，加上疫情影响了长途汽运的正常运行，我便提前一天结束了休假，独自开车回到南京。路上车辆稀少，350千米的路程只用了4个小时左右。

我走进医院，发现电梯里充满了消毒水的味道，但一切还算正常，我们这里还没发现确诊病例。交班结束后，我就和主任去查房了，来到陈全的病房时，主任又介绍了陈全的情况。

我说"又"是因为在交班时我就留意到这位病人了。41岁的陈全因为下肢动脉栓塞入院，就是血管里出现了某种异物，阻碍了血液流通。

陈全像石头一样默默地坐在床上，盯着我们。我到他床边查看了他腿部的情况，之前他的病灶还没蔓延，只是脚指头发黑。可是我知道这小腿现在是保不住了，只能问一句疼不疼。

"疼得厉害，晚上都睡不着。"他很平静地说。

我后来又跟他详细沟通了一次，准确来说是给他讲清发病的原因。安慰病人之类的沟通，我一直觉得自己做得不太好。

陈全患动脉栓塞的原因是心脏不规律的跳动，医学上称为心房颤动，简称房颤。心脏内的血液淤积形成血栓，随血液流动到小腿，堵塞了血管。当初他入院时，同事就清理了主要的血管，但细小血管就没办法了。目前已有坏死肌肉，这些坏死肌肉不但无法恢复，反而可能会释放毒素，并引发生命危险。

"我以前身体挺好的，心脏没有什么不舒服，怎么会得这个病呢？"陈全问。

我对他解释："这种病症可能在一些人的身上不太明显，发生栓塞的时候才察觉。以前碰到过好几个像你这样的病人，有的人两条腿都没保住，还好你右腿恢复得还不错。"

"真的没有保住腿的希望了吗？"他追问道。

"没有。"

每次患者问我这个问题的时候，我都只能这样狠心地回答。因为这个时候如果患者还抱有任何幻想，比如先吃药、等等看，就会耽误治疗的时机。

得到确认后，陈全的眼神好像突然暗了一下。

"请尽量截小腿。"他平静地说。

骨科的同事是初七上班的。第二天一大早，我就联系了那边，并安排陈全去做了检测。骨科同事告诉我，要截大腿。

有些患者听说要截肢，可能会到处咨询其他医院有没有更好的办法，或者指责我们是破医院，坏半个脚就要锯腿。这样的人出现一个也够我闹心的，就怕无法推进手术，只能眼看着他们病情恶化。

　　当我到陈全的病房告诉他需要截大腿时，陈全只是问了句：
"截大腿是不是创伤更大？"

　　我跟他说截大腿反而恢复得更快，因为他大腿上的动脉血管
是通畅的，能够保障切口愈合所需要的营养。"周末我们医生休
息，手术室也只对急诊手术开放，我们只能安排你下周手术了。"

　　出乎我意料，他点头同意了，没有其他反应。

　　陈全这样的心态也让我能放松地过个周末。一个人去超市
买菜，买上鸡腿和蘑菇回家炖一下，就着白米饭和老家的香肠
应付过去了。以前不买菜不觉得吃顿饭这么麻烦，疫情来了，
似乎什么都变了。也不知道陈全在医院吃得怎么样。

　　安稳的周末过后，我没有想到陈全的这场手术会让我心力
交瘁。

　　周二，原定的陈全做手术的那天，骨科的所有医生都被隔
离了。陈全躺在手术台上，左脚已经恶化——全黑了。我的第
一个想法就是赶快安抚陈全的情绪。我不太擅长安慰人这种事，
有些话心里想着却难说出口，就请主任去手术室里安抚陈全，
我则去告知陈全的母亲关于手术延后的事。

　　陈全的母亲愣了一下，很明显一下接受不了这样的转变，
过了一会儿才说："那到底哪天可以做手术？万一骨科的医生
被确诊了，谁来给我们做手术？他这样拖下去会不会连命都保
不住？"

　　我只能安慰她说陈全暂时没有生命危险，我会继续想办法，

有最新消息就通知他们。

"医生，请你一定要帮忙，我只有这一个儿子，他还没结婚，没有孩子，你一定要救救他！"

"他是我的病人，我会尽全力的。"我真的不会安慰人。

回到病房后，我问主任沟通得怎么样。主任说陈全比较着急，有一些情绪，但是不可能为了他一个人让全手术室的人陷入被感染的风险。我跟陈全和他的家人如实说了情况，请他们再等等，他们也表示了理解。

接下来的查房期间，我看到陈全不是蒙着头睡觉，就是一个人默默玩手机。我看见他身上发黑的地方，已经从左脚蔓延到左小腿。但他就坐在床上，看着腿，也不主动说话了。我心里沉甸甸的。

"疼痛感轻点没？"查房的时候我问他。

"还是挺疼的，止疼药只能管一两个小时。"他说。

"再等两天吧，你现在一定要加强营养，多吃高蛋白的食物，这样术后的恢复才能快一点。"

"可是我疼得厉害，吃东西也吃不下去，一点胃口都没有。"

我说这样可不行，现在就把饭菜当作药，吃得好才能跟我一起对抗病痛，接着又跟他母亲叮嘱。

陈全的妈妈是很朴实的农村妇女，此刻穿着灰裤子、花棉袄，平时也不怎么说话，见面只是点头示意。说实话，平时见惯了闹腾的病人及家属，现在看见他们这样我反而更难受。

两天之后，负责陈全的医生的核酸检测结果呈阴性，终于解除了隔离。这天已经是周四了，我马上打电话给骨科问什么时候能做手术，结果他们告诉我说医院刚出了新的规定：凡是需要做手术的人一定要做胸部 CT 和核酸检测，排除新冠肺炎后才可以进行手术。陈全的手术时间又要延后了。

我来到陈全的病房前，很无奈，但有些话必须要说。

"怎么还要做检查？到医院已经花不少钱了，我又是自己掏钱，回去没有报销的。"陈全听到这个消息后有些急眼。

我最怕病人跟我谈费用的事情，因为这个事情我没办法帮他们。看病需要多少费用是由疾病本身的发展和变化决定的，我只能尽量控制。陈全这样的态度我也理解。我等他平静了一点后说："你冷静一下，这是医院的规定，你的长征路已经走了一半了，难道现在要放弃吗？"

这时候，陈全的母亲也开始劝他了："你就做一下吧，他们医生也不容易，不要为难人家。"

陈全听完后，顿了顿，说："不好意思，我刚刚有点着急，听你们的安排吧。"

我松了口气，最后和他确认了一下："你最近没有去过湖北，没有和湖北来的人员接触过吧？"

"没有，没有，我住院之前一直待在老家，没有出去过。"

得到回答后，我赶紧帮他借了轮椅，又联系 CT 室加急做胸部 CT。等 CT 的结果还需要一点时间，我想正好借这个空当带陈全去做核酸检测。

可是谁来做核酸检测呢？医院现在没有专门的人负责采集核酸，我们也都只看过培训视频。我先问了主任，主任说应该是护士做核酸检测；后来问护士长，护士长说应该由医生做。

我不想因纠结这个事而再耽误时间了。最终我决定自己执行取样的过程。我是管床医生，而且一个人在南京，在核酸检测的取样过程中万一被传染，也不用担心会传染给家人。

不过，我还是有点害怕的。核酸检测取样需要把长棉签伸进到咽后壁，那样肯定会导致咽反射——陈全的唾液将会向我喷溅。但想到那些支援武汉的同事，我觉得自己的风险已经很小了。我们的医疗行业中，有一条核心制度叫作"首诊负责制"——你的病人你就一定要负责到底。这就是我该做的事。

我让其他病人和家属全部先出去，之后拉上了隔离帘。因为申请不到防护服，我戴了帽子、口罩、手套后，就上阵了。

"这个操作会让人有点难受，你要克服一下，来，张大嘴巴。"

当我看到他的悬雍垂（俗称小舌头）露出来时，我赶紧拿压舌板把他的舌头压住，用长棉签快速地取出样本，接着马上背过身。这时候他开始剧烈咳嗽了，我心里一紧，我们俩的距离只有半米。我拿着取好的样本和专用的瓶子就往外跑。

出来以后，我发现陈全的母亲还在病房，就让她赶紧出来。

等陈全的母亲出来后，一旁的护士迅速把门关起来。我这时才想起来手上还拿着样本。我把它放进专用的瓶子里，递给在一边等着的护士，护士小心翼翼地接过，就去送检了。

　　CT 的检查结果下午出来了：胸部磨玻璃样影，肺部感染。

　　我有点蒙。

　　将陈全的情况上传到专家会诊群后，我得到了初步的意见。会诊专家认为陈全患新冠肺炎的可能性比较小，因为他没有去过湖北，也没有和湖北的人接触过；陈全前两天是有点低热，但他这两天的体温是正常的，所以，陈全患普通肺炎的可能性比较大。

　　虽然没有完全确定，但我觉得还是应该跟陈全沟通一下。

　　我们把同房间的其他病人调到隔壁的空房间，也给陈全和他母亲发了口罩。这次还是没有防护服，我戴上口罩、帽子、眼镜后，进了陈全的专属病房，站在 2 米外的地方和他交谈。

　　"我没咳嗽，也没发热，怎么可能得新冠肺炎呢！"他语气有点冲。

　　我劝他不要着急，也跟他解释现在这么做是为了整个医院的安全，一定要完全排除嫌疑才可以做手术，这样才是最负责任的做法。

　　"那我万一是的话，怎么办？"

"南京有专门收治确诊病人的医院，在汤山；如果你被确诊了，我们会把你转过去的。"

陈全没再多说什么，仍然很快冷静了下来。他最关心的还是自己的手术什么时候能进行。我没法回答一个准确的时间，也不敢正视他的眼睛。

返回办公室后，我发现同事们已经开始讨论这件事了。

"算了，大家都隔离了也好，正好可以休息休息。"一个轮转医生说道。这个医生上个月在其他病区工作，那个病区是出了名地忙，夜班基本没法睡一小会儿，而且她也是一个人在南京；其他和家人一起住在南京的同事就比较纠结了。

另一位主任的爱人怀了二胎，他想了半天，决定不回去了，等核酸检测的结果出来后再说。这个主任负责夜间急诊的会诊。前阵子，他大半夜接到急诊的电话，走到小区门口后发现街道办的汽车把整个小区的门口堵住了。他怎么也挤不出去，又怕踩车出去会把人家的车踩坏，后来只能翻墙出小区，才赶到急诊部。

我倒没有纠结这个问题，毕竟一个人住。下午6点左右，我下班了，一个人骑电瓶车回家。街道空空荡荡的，店铺都关门了，一路都很清冷。

周五一大早，我就到了医院，接着打电话给检验科，询问核酸检测的结果。检验科说结果还没出来，因为医院最近才开始做这项检查，得花时间熟悉好多流程。我接着来到病房查看，陈全的左小腿更加显眼了，发黑的面积已经扩散到一半了。

空荡的新街口

"结果出来没有？"他问。

"我也很着急，刚打电话问过，还没有出来，他们说出来了会告诉我们的。"

他在遭遇了连番的意外事件后，显得有点消极。

"前面这么多坏事情都扛过去了，后面等待你的一定是好事情。"我鼓励他。

"希望和你说的一样。"

我也希望。

周六，凌晨 1 点，病区的护士接到电话：核酸检测的结果出来了，阴性。这次又是周末，无法为陈全立即安排手术。

说实话，最近因为陈全的事，我一直都睡得不太好，一直很担心。虽然每天都在检测，给他服用抗生素，做排钾，但这么拖下去肯定不行。还好陈全很年轻，身体素质比较好，这些天没出什么状况。但看着这样一位年轻病人的腿慢慢变黑，病人还很理解医生，我心里愈发着急。我很想推动手术早些实施，但对于眼前的种种状况，我也无能为力。我们只好等到了下周一。

但周一还是出现了意外情况——安排手术必须请专家写会诊意见。专家说核酸阴性也不能完全排除新冠肺炎的可能，必须再做一次胸部 CT。

得知还要复查 CT 时，陈全的表情依旧平静，好像已经习惯了。他什么都没说，让他妈妈推着轮椅去了 CT 室。万幸的是，经过 CT 检查，磨玻璃影已经消失了，陈全是安全的。

“那我可以手术了？”他问。

“对，明天早上就可以进行手术了，今晚10点以后不要吃东西、喝水。”

“这次不会再变了吧？”

“不会了。”

我知道病人和我的心理承受能力已经到了极限，我希望千万别再有什么意外了。

“无论手术的结果怎样，我们都很感谢你。”陈全的母亲在一旁说道。

第二天一早，陈全就被接去了手术室。

我查房结束后就去了手术室，一直看到他的手术顺利结束。等他从麻醉中苏醒过来，我笑着问他：“感觉怎么样？”

他说：“像做了一个长长的梦，但我不记得是什么了。”

陈全又在病房住了一段时间。和过去一样，每次我去看他，他都尽量表现得积极，主动跟我找话说。但是我知道，再坚强的人，一早醒来发现自己少了条腿，内心肯定是异常痛苦、失落的。

陈全今年41岁，家在农村，还没结婚。他妈妈比他还要和善，偶有几次，他还会因为手术推迟着急，老人家则全程对医院抱着崇敬的心态，把“听医生的”这几个字像口头禅一样挂在嘴边。

我想知道他未来会怎么打算,最后却只问了:"还疼不疼?"

"还是疼,但是一天比一天好了,止疼药用得也少了,饭也吃得多了。"他说。

值得庆幸的是,他的伤口长得很好,也没有产生幻肢痛,那是截肢病人最可怕的后遗症,会让他们觉得原来的腿还在,而且还是一样疼。

两周后,陈全要出院了。

拆线之后,我告诉陈全房颤一定要坚持吃抗凝药,每周都要去心内科门诊调整用药:"可不能再来一次了,过半年装上假肢,你就可以像正常人一样生活了。"

"医生,谢谢你!"陈全笑着对我说。

临走前,陈全的妈妈推着轮椅,特意又来了我的办公室。我当时在电脑上写病历,听见有人敲门,回头正好看到陈全正用力朝我挥手,说道:"陆医生,再见!"

"祝你早日康复!"我也挥了挥手。

每一个病人出院时都会得到医生的这句祝福:早日康复——哪怕我们心里明白,有些病人可以康复,有些病人却要面对不可挽回的失去。陈全其实属于后者。

晚上回到家,看到电视里正在播放疫情的最新消息,我一边听着全国新增了多少例死亡病例、疑似病例,一边回想这次非常时期的诊疗经历。唯有陈全隐忍下的积极,让我心里好受了些。

　　后来，再次回想起陈全出院那天，他被妈妈推着平静地离开了病房。或许，和陈全一样，这个世界也能够带伤向前，尽管非常缓慢，却也非常坚定。

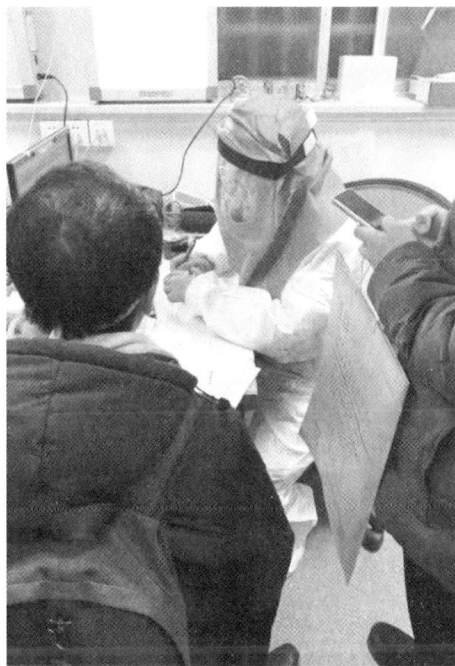

急诊室同事工作时的照片

我在疫情中出生

陈送宝

武汉封城第 7 天，新闻里的感染人数持续攀升。

恐慌的气氛在这座新一线城市里发酵，而医院更是成了风暴的中心。ICU 里一片飘红的重症病例，早已挤得水泄不通的发热门诊，还有高强度的临床工作，让身处一线的医护们都濒临崩溃。

而我所在的产科病房却仿佛游离在焦虑之外，享受着风暴眼内的平静——今天是我值班，从护士站的窗户望出去，2 床的新手爸爸正笨拙地抱着女儿，向夜班护士求助该如何喂奶；15 床的奶奶兴高采烈地搂着刚出生的宝宝，一口一个"大孙子"叫得孩子直乐。虽然每个人都戴着口罩，我却能从他们的眼神中读到喜悦。

即使在疫情中，产科也是被赋予最多希望的地方，至少在那对夫妻到来之前还是如此。

叮咚，微信群里响起了主任的 60 秒语音方阵："亲们，马上要来一个发热的足月孕妇——她家四口人均疑似感染，通过微博求助后由社区护送过来，马上就到医院了，请大家积极处理，热情接待！"

疫情暴发之后，作为武汉为数不多的几家孕产妇救治中心，我们收治了不少疑似感染的孕妇，也算是有经验了。但说实话，每次病人到了眼前，我内心还是忍不住打鼓。

知道她是疑似，起码比碰上那种隐瞒病情的好。只要做好防护，一定没事的。我一边安慰自己，一边起身准备隔离病房、接诊的用品。1 个小时后，楼下的护士打来电话说病人到了。我全副武装地走进隔离区。

本以为会看到用轮床推着的虚弱孕妇，没想到迎面走来一位身形矫健、步伐有力的女性，只有挺起的圆肚子能表明她的身份。而跟在后面的男家属反倒跟跟跄跄，好像随时都要晕倒。

"积极处理，热情接待"，我默念着主任的疫情期口号，迎上前去。社区的工作人员帮忙搬来大包小包的行李，他们用敏捷的动作表达了想要尽快撤离的心情。但我还是抓住了一个社工，想了解这名产妇的更多情况。

社工告诉我，这名产妇叫刘珊，家里有老公和公婆，四口人全都高热不退，已经做过 CT。按照医院的规定，隔天早上会有专门的护士给他们取咽拭子，做核酸检测。核酸检测的结果被看作是最终确认标准，不过我们都明白，CT 其实已经相当准确了。

全家感染乃至整个社区感染现在看来并不是什么稀奇事，但在那时，这样的案例还很罕见。我去护士站拿了一辆治疗车，和社工一起把行李推进病房。他们带的东西可真不少，锅碗瓢盆，新生儿的用品，一应俱全——肯定是不知道感染的孕妇不能和新生儿有任何接触吧，我看着这对气喘吁吁的夫妻，心里叹了口气。

那个男人早已瘫软在本该属于他老婆的病床上，满脸通红，剧烈地咳嗽，刘珊则忙着给他递水和拍背。他们俩都没有起身整理自己这一屋行李的意思，屋里的几位医护人员不约而同地帮忙收拾起来。

先测体温，不用说，两个人都是高热。男家属体温甚至比刘珊更高些，接近 40 摄氏度！我嘱咐护士先给家属一片退热药，要不然一会儿孕妇没事，我们反倒要先抢救家属了。

回到办公室后，我细细端详起刘珊的病历，她是足月孕妇，本来可以选择顺产，但是考虑到高热、胎心监护反应差，再加上肺炎，剖宫产成了唯一的选择。

我拿着手术同意书来到病房，而刘珊老公的体温此时降下来不少，至少他可以坐起来了。我告诉他们手术有危险，但已经是最符合病情的选择了，建议马上手术。两人没有犹豫，二话不说就签了同意书，只是签字的手止不住地哆嗦。

护士把刘珊推了进来。她的脸已经被罩布遮住，只露出两只眼睛。

我曾不止一次询问我的病人，躺在手术台上是怎样的感觉。她们中的大多数回答的是恐惧、紧张，当然也有一丝兴奋。和一生中大概率只会经历一次生产的病人不同，医生们经过千百次的操练，总是能够轻装上阵。

为了舒缓病人的情绪与疼痛，我们一般会在手术准备的间歇讲讲笑话，放几首儿歌。我在我们医院的产科中是年龄比较小的，是整个科室的"搞笑担当"，经常变着法地逗患者开心，比如和她们一起探讨《喜羊羊与灰太狼》动画片的剧情。然而，现在面对充满未知的烈性传染病，无论是病人还是医生，都只是沉默。

主刀医生凑近刘珊，告诉她："手术马上开始，为了尽量减少感染的几率，手术过程中我们基本不会做交流。"

刘珊眨了眨眼睛，表示认同。

穿着三级防护的麻醉医生戴上了无菌手套，手套的厚度让他看起来更像是菜市场的师傅。戴着这样一副手套，每一步都像是按了慢播键一样，往常15分钟可以完成的麻醉，今天足足用了半个多小时。我们知道任何一个错误都可能带来一次无法挽回的暴露。我看到麻醉医生抬起头，护目镜里布满了水滴。

摆好体位、消毒、铺单，隔着厚重的防护，我的耳边只剩下自己沉重的呼吸声。蓝色一次性手术单反射着无影灯刺眼的

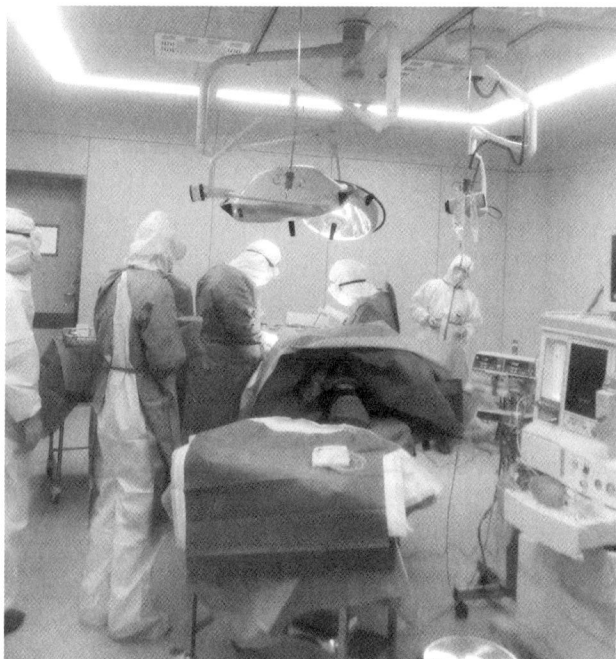

手术刚刚开始，最右为巡回护士正在核对器械

光芒，这种幽闭和窒息的感觉让人有点眩晕。

"破膜"是最危险的时刻。妈妈肚子里的宝宝是被羊膜和羊水包裹的；羊膜囊被刺破的一瞬间，羊水会因为压力喷涌而出，甚至会产生30多厘米高的水柱，喷到手术医生的身上，这个过程称为破膜。平时手术时，我们就经常被羊水喷一身，大家对此都习以为常。但是此刻不一样，喷溅出来的每一滴羊水都可能是传染"炸弹"，不仅会感染手术中的医生，周边的麻醉师和护士也都不安全。

主任小心翼翼地切开子宫肌层，分离，拿起弯钳，用眼神给了我们一个示意：他要开始了。我立马拿起吸引器和集液袋做好准备。噗，羊水顺着破口流入集液器，吸引管吸走了多余的羊水。

娩头、托肩，伴随着"哇"的一声啼哭，这个饱经磨难的小生命来到了人世间。

以往这时候，手术室里早就炸开了锅，经常和巡回护士打赌的麻醉老师会欢脱地上来"开盘"，看宝宝是小男孩还是小姑娘，是白是黑，是胖是瘦；助产老师则会接过新生儿，让新生儿跟妈妈来个亲密接触，哪怕孩子的脸上全是胎脂；主任也会开玩笑地标榜自己的手艺，打趣产妇下次要不要再找他生个二胎或者三胎。

但是，今天没有欢笑，没有祝福，什么都没有。主任熟练地断脐之后，产房老师迅速地检查。刘珊还没有看这个宝宝一眼，孩子就被带去儿科的负压病房了。

"每一次别离都是为了更好的重逢，相信她会健康地长大。"主任说。

原本 1 个小时的手术，我们做了整整 2 个小时，身上的洗手衣早已全部湿透，像游过泳一般。我把自己从头到脚地清洗一番，换上干净的衣服，那种大战之后的虚脱感才开始传遍全身。我连滚带爬地溜到休息区，给自己泡了一盒泡面。虽然已经连着吃了不知多少顿泡面，但我还是觉得很香，主要是手术顺利，让我心情大好。

门口的护士们正围在一起聊天，我的八卦之魂被唤醒，赶紧端着泡面凑了上去，原来聊的是刚才进行手术的刘珊。

话说孩子从手术室被带出来，原本马上要转去儿科隔离观察。但助产士"蕾哥"——这是我们一位亲爱的护士姐妹的代号——想到大人已经高度疑似，孩子也不能确定是否健康，便涌起一丝同情，想让家属给孩子拍个照片，留个念想。

谁知她站在手术室门口喊了半天都没人答应，最后不知从哪个角落里冒出来三位"忍者"，自称是产妇的家属。这三人戴着墨镜，挂着双层口罩，还裹着围巾。听懂蕾哥的意图后，他们并不肯上前。

家属不愿和孩子亲密接触也可以理解。蕾哥便提议家属把手机放在旁边的椅子上，再由戴着防护手套的我们用家属的手机来给孩子拍照，但对方还是不置可否。平时就爱心满满的蕾哥受不了这份冷漠，想上前催促对方，谁知她往前走一步，家属就往后退两步，始终保持 3 米的距离，好似打太极。为孩子办住院手续时也是一样，家属看都不看一眼褓褓。

"真怀疑孩子不是他们家亲生的！"蕾哥愤愤不平地说。

产科的我们早已看惯了新生儿父母的"过度"喜悦、激动甚至癫狂，他们会随便抓住一个穿制服的人就叫"大夫"，也会隔着儿科隔离室的玻璃痴痴看着自己的孩子。小孩的一个笑容、一句含混不清的发音，甚至睫毛的微微抖动，都能给爸爸妈妈带来人世间最美好的感受。

然而，回到病房后的刘珊和她老公，既没有询问孩子的健康，也看不出任何想见孩子的迹象。我实在猜测不出他们的心态，是因为疫情，因为自己发烧，还是忙乱了，我在胡思乱想中失眠到后半夜。

当天晚上，刘珊因为疲惫早早就睡下了；她老公发烧反反复复，护士帮忙打了点食堂的晚饭，他胡乱吃了几口后也昏睡过去。他们没有问起过孩子，这个新的家庭成员好像被他们屏蔽了。

护士不放心，跑去儿科看了一眼这个"被遗忘"的宝宝。还好，她也和其他健康的宝宝一样，躺在属于自己的负压舱里，那里面的空气只进不出，所以不会互相传播。她的小胳膊上挂

另一对新生儿父母给妇产科的感谢画

着一个牌子，上面写着"刘珊之女"。

　　第二天一大早，顶着巨大黑眼圈的我穿戴好防护设备，例行去隔离区查房。按照常规，高度疑似肺炎的病例，在产科完成手术后就应该被转到发热病房继续治疗。但是现在发热病房的床位紧张，刘珊只能暂时住在我们的隔离病房。

　　走进刘珊的病房，我看到她正直挺挺地躺在床上，术后的禁食和疼痛让她没有了昨天的精神，不过对一些基本问题的回答还算清晰，整个人的状态可以说不错。

　　但当我掀开被子，准备查看术后出血的情况时，眼前的景象着实吓了我一跳。她身下的产褥垫早已被混合着血液的恶露打得透湿，有一些甚至都溢到了床单上。没有清理过的血水在皮肤上早已干透结痂，与黄色的碘伏印记互映，像干旱龟裂的土地，让我这个有强迫症的人看得汗毛直竖。

　　这么差的产后卫生条件，不等肺炎恶化她可能就要产后感染而死了。我气愤地转向她老公，因为这些护理原本就是家属的责任，谁知却看到了和入院时一样的景象。是的，她老公正呈大字型躺在旁边的空床上，红扑扑的脸蛋仿佛在告诉我，他的体温已经爆表。我没有了兴师问罪的力气，只能喊护士长来帮忙清理，同时催促他赶紧到发热门诊就医。

　　挂号无疑是困难的，非常时期我们的护士长使用了熟人加塞技能，帮他排到了三四个号之后的位置，只希望他能顺顺利利看完病，顾全自己之后照顾一下他的老婆和孩子。

一个小时后，我们接到发热门诊的电话，告诉我们导医员喊遍了整个急诊中心，并没有找到刘珊的老公。难道他在路上晕倒了？大家心中顿时一慌，连忙找人给他打电话，准备派人去找他。

回到刘珊的病房，我们发现他不知道什么时候已经回来了，夫妻俩正靠在一起聊天呢。原来他在急诊科等了一会儿，发现那边连坐下的凳子都没有，就一步三晃地回来了。

我还没开口，刘珊先责备地说："我老公都病成这个样子了，你们怎么能让他自己在那儿等呢？连个坐的地方都没有。"

我气得要命，护士长四处托人才要来的名额，他们却不领情。医院毕竟只是一个规模有限的社会单位，在非常规疫情暴发时，哪里有人手和条件去给你保姆式的照顾呢？屋里的气氛顿时紧张起来。

好不容易挨到下午，发热急诊科通知，留观病房的床位空出来了。护士们打来热水，为刘珊擦干净身体，换上干净的衣裤，再收拾好满地的物品，做好转去急诊科的准备。

因为上午的不愉快，这对夫妻似乎决心自成联盟，都不拿正眼瞧护士，更不要说感谢了。他们的联盟内部却很团结，出门的时候，刘珊还不忘扶着她老公。得，送佛送到西。不过他们依然没有问起一句孩子的事。在产科多年，像这样的父母，我掰着手指头也数不出几个。

他们走后，我回家补了个觉，醒来又跑回办公室加班写病历，没写一会儿，电话响了起来："你好，产科病房！"

"你们是什么意思？我妹妹一个刚做完手术的产妇，你们就这样把她丢在大厅里躺着，周围一个人都没有，你们怎么这么不负责任？"电话那头疯狂地咆哮着。

我只觉得一头雾水，但还是本能地安抚对方并做出解释，问她有没有弄错，我们没有把病人放在大厅。然而对方丝毫不打算听我解释，她继续咆哮着："我的妹妹刘珊，被你们丢在急诊，连病房都没有！"

不对啊，刘珊明明是护士长亲自送去急诊交接的，确保万无一失才离开，怎么能说是"丢"在那里呢！我告诉刘珊的姐姐，现在病人刘珊由发热病房管理，跟我们甚至不在一个楼区，如果有什么情况，她最好直接跟那边沟通。

这一下彻底激怒了她，在她听来，这就是医方推卸责任的说辞。放在平时，我会拿出百分之二百的耐心去抚平病人和家属的情绪，哪怕知道他们不是真的有什么不满，只是想发泄。但这次也许是因为新冠肺炎暴发以来持续的高压，我积聚已久的负面情绪瞬间暴发了。最后，这通电话在没有任何有效沟通的情况下被很不愉快地挂断。

过了一天，产科收到了刘珊夫妻俩的核酸检测结果，都是阳性。他们用过的床单、被套和枕套都作为医疗废物丢弃，只有含氯消毒液喷洒过的被芯还孤零零地晒在床上。

　　转眼，又是一个夜班过去，洗完手的我正准备回家，楼下的护士突然问我还记得那个全家患新冠肺炎的病人刘珊吗。我当然记得，尽管经过过去十几天的疯狂工作后，这个名字在今天已经变得有些遥远。

　　护士告诉我，上次我和刘珊的姐姐通电话后，护士长还是忍不住跑去问了急诊科。原来，那天我们确实把刘珊送进了单间病房，只是后来临时来了一个呼吸衰竭的肺炎病人，要上ECMO(体外膜氧合器)，只好把她暂时挪到旁边的大房间。

　　我恍然大悟，刘珊的姐姐说的"没人管刘珊"是真的，因为那一个多小时里，所有人都去抢救病危患者了。应该也就是在那个间隙，刘珊给她姐姐打了电话，哭诉自己的遭遇。

　　我沉默了一会儿，突然又想到了什么："那她家的孩子怎么样了？做过检测了吗？"

　　"还在儿科，孩子是健康的，早就可以出院了，只是一直没有家属来接。儿科现在帮忙照看着呢。"

　　疫情暴发后，医院一共接纳了80多位疑似和确诊感染的孕妇。我还记得核酸检测刚刚投入使用时，第一位在产科确诊的孕妇只要见到护士或医生就会哭，问我们她是不是治不好了。在刘珊之后，还有一位极其任性的妈妈，人到了医院却死活不肯做手术，说算命的说她今天不能动刀。

刘珊绝对不是最让我们费心的，但她和她老公紧挨着坐在病床上的样子却好像在我脑海中留下了一张照片。他们曾经带有敌意地看着我，那个目光多半在说：你是医生，即使得了病，也能想到一万种方法救自己，而我们呢？我明白，他们是在以弱者自居，而我甚至无法反驳。他们是不是因为虚弱，甚至担心传染上婴儿，才把自己的孩子都忘了呢？

我想到过去在产科就发现的一种奇怪现象：如果一对父母从没见到或触摸过他们新生的孩子，他们极有可能不会对这个孩子产生很深的眷恋。

亲情固然是本能，但是不是也会被上锁呢？和孩子对视的目光，或那双稚嫩小手的触感，也许就是那个锁扣的开关吧。刘珊和丈夫从没见到孩子，又处于自身难保的绝望中，为人父母的感受对他们来说极有可能是很不真切的。

当然，就像刘珊不会知道她对我们的不满其实是来自一些细微的误会，我也不会知道他们真实的想法。唯一可以确定的是，疾病一定打乱了很多人固有的生活方式，以及具体思路。有的人死了，有的人不能出门吃火锅，有的人忘记了怎么做父母，有的人不愿意善良了。

被疫情困住的我们，无论角色怎样不同，归根结底能做的事情也只有等待。

　　元宵节到了，休息区里产房的袁老师正愉快地哼着小曲，挥舞着刚做完、没有异常的CT单。一会儿下班后，她会洗个澡，再换身干净的衣服，一路小跑地回家，隔着大门看看自己可爱的女儿。当然，两个人都要戴着口罩。因为在科室接触了不少疑似病人，加上有些轻微咳嗽，她已经有十几天没敢回家了。

　　我则和留守武汉的同事小姐妹约好晚上一起煮汤圆，庆祝元宵节。尽管这个春节过得颇为惊悚，但是节日的愉悦仿佛也在提醒着人们，时间自有安排。

　　透过窗户，久雨的武汉今天阳光格外耀眼，南方的春天总是来得很快。正当我恍惚的时候，楼下的护士姐姐举着一张纸开心地跑过来，那是确诊新冠肺炎的21床产妇为我们画的祝福漫画。

　　这里是产科，是被赋予最多希望的科室，即使在灾难与疫情中也是如此。

全城寻医

麦

子

　　2020 年 1 月 23 日凌晨 2 点，武汉宣布封城。上午 10 点起，所有的公交停运，城市的流动戛然而止。第二天是除夕夜，我父母本来计划与世交任叔一家聚餐，这是多年来两家人的习惯，但是这次迫于形势，聚餐只好取消了。

　　2 月 6 日晚，我哥突然打来电话，说老爸胸痛，吃了好几颗速效救心丸才略有缓解，让我开车带他去医院看看。老爸去年 7 月做了肠癌手术，小年夜刚刚出院，当时 CT 结果和血液指标都还不错。晚上 9 点，我开车把老爸带到离父母家两站路远的中国人民解放军中部战区总医院。车刚在急诊室外停下，一位穿着防护服的值勤人员就隔着车窗问："是新冠肺炎病人吗？"

　　我答："不是，我爸心脏不舒服，胸痛。"

　　那人看了下立马说："这么大年龄，你们别进去了，里面全是高热病人，小心传染，我去把医生叫出来吧。"

　　一会儿的工夫，出来一位全副武装的医生，建议我们还是去汉口的"亚心"（武汉亚洲心脏病医院），说这里不太安全。我们在车里迅速商量了一下。亚心在汉口，离家远，万一住院需要照顾可能不太方便，还是去离我家最近的省人民医院看看吧。

隔着省人民医院急诊室的玻璃大门，我看到走廊上躺着几个病人。隔着门想问下情况，但无人应答，我只好推门进去。急诊室的值班医生指着一个离我最多3米，躺在过道病床上插满管子的病人，说："这里全是高热病人，你们住进来的风险很大。"

我转身出门，想回车上跟家人讲下情况，门口站着的值勤人员又说："不是这个病的快走，小心被传染！"

我边走边后悔，出门匆忙，只戴了口罩，刚刚又徒手触碰了医院的很多地方。一上车，我就立马用酒精棉擦手消毒。

2月6日这天，我的汽车单号限行，但我还是决定违章过一次大桥，去汉口的亚心医院。其实那时候武汉三镇的车辆已经不允许跨区，但估计是因为时间也不早了，白天在大桥上查跨区通行证的执勤人员都没了踪影，通往亚心的路出乎意料地畅通无阻。

说来也怪，这种开车穿梭的感觉让我想起了过去一家人的旅行，那时候我们也是这样开着车四处玩。我从后视镜中匆匆瞥了一眼老爸，今晚他全程都很沉默，听任儿女辗转的安排。我真希望能快点结束这种茫茫黑夜中的漫游，把老爸带到一个可靠的地方。

医生把老爸安排在急诊室最外面的一间病房查心电图，有两个医护人员坐在那儿，我随口问了句："你们这儿没有新冠病人吧？"

　　医生说："有啊，里面就有三个发热和疑似病人。"

　　我疑惑地问："这儿不是进来要查体温吗，怎么还会有发热病人？"

　　医生解释说："有的是以胸痛的名义进来的，还有的进来时不发热，进来后开始发热，做CT才显示肺炎，也不能赶他们走吧。"

　　我很惊讶，原以为来心脏专科医院就不会接触到新冠病人了，现实却落了一场空。

　　老爸做了心电图，抽了血，要等1个小时才能拿到心梗指标的结果。病房里有两张床，我们嘴上不说，但时时刻刻都在警惕着旁边那张床将会进来什么样的病人，生怕是新冠肺炎病人。不断有病人和家属到办公室咨询医生。医生们都穿着全身防护服，病人和家属也有好多戴着一次性浴帽、手套和鞋套。

　　转眼就是晚上11点多了，老妈让我和我哥到医院大门外的车上坐着等结果，她留在急诊室陪我爸。走出医院时，看到正门已经关了，我让值班门卫帮我留个小门，告诉他我们等下还要进来。门卫一听，絮叨了起来："没事少进去，里面谁知道都是什么病人，不安全，我都不进去！"

　　这就是封城后的武汉医院，看病就是冒险，时刻有人提醒你不安全。

　　回到车上，我和哥哥似乎都有些纠结，要不要摇开车窗透个气。但最后谁都没动车窗。也许是太累了，也许是紧张，我们都不再说话了。

血液检查的结果出来了，老爸的心梗指标还好，心电图也还好，只是炎症指标略高一点点。医生给老爸开了点心脏方面的药，我们就匆匆离开了。凌晨1点多的回程路上，我一不小心还闯了个红灯。

老爸服药后的效果并不明显。他自己也很着急，打电话给家对面的672医院和给他做过化疗的中南医院，对方都说医院已经被征用为发热医院，无法接诊别的病人。

我在微信里求助了两位心内科的医生朋友，想挂个急诊号，然后把老爸转进病房里去。一位朋友不建议我去，说现在的综合性大医院只有急诊和发热，太多新冠肺炎病人混杂其中。另一位朋友说只能转重症，可是过去我哥生病时曾进过重症，里面医护水平有限，尤其是患者不清醒的话，他们难以照顾。

我知道老爸还是很想住院。过去，老爸很少跟儿女提要求，这次却罕见地在电话中主动提出，能不能想想办法找家医院。虽然老爸很少跟我们提要求，但只要是为他好的，我都会竭尽全力去做，所以那也是我记忆中对他说过的最无奈的一句话："爸，能让你住院，我会不让你去吗？"

我们在电话里沉默了很久。

　　我在微信上粗略地跟医生说明老爸的病情，两位医生了解到他的胃也不太好，都给开了护胃的药。中途，我哥给卫健委打了一次电话，反映除新冠肺炎外其他常规病人的救治问题。我们的期望是，哪怕留有一两家不收治新冠肺炎病人、能正常开诊的医院也好。电话那边的工作人员说会向上面反映反映，但我们知道，现在对这种答复不能抱有太多期望。

　　沉默成了老爸的常态，他只在微信上偶尔跟朋友聊聊天。老友询问老爸的病情，老爸说："再忍忍吧。"不知道是说给别人，还是说给自己听。

　　我开始有种感觉，武汉封了，武汉也疯了。普通人的生活受到了更多的限制，从只要求戴口罩出门，发展到进超市要量体温，然后一户一天只可派一人出门采购一次，随后只能三天去一次，最后完全不能出小区了。

　　只有屈指可数的几家网上超市还可以供人们购物，不过仓储和派送员的数量很有限，每晚10点开抢，蔬菜和肉类基本上5分钟内就会被一扫而光。有一天我抢了条鱼，开心地给老爸打电话说明天给他送去，因为他最爱吃鱼。但老爸只说不用。

　　记忆中的那段时间里，老爸只因为一件事高兴过。当时，全国各省份都在支援物资并捐款给武汉，不过都以省为单位，只有江苏因经济强大，各个城市单独捐赠，从自己的城市机场出发，被戏称为"十三太保"。

　　老爸是江苏人，始终以故乡为傲。来武汉几十年，他乡音未改，吃饭时也还是喜欢在菜里放糖。那天，老爸难得兴奋地跟我聊了半天，还让我发江苏的新闻给他看。

老爸一直说，如果有机会，要回老家看看。

2月12日，按规定是我们家可以出门采购的日子，我赶紧开车回了趟父母家，顺便在药店给老爸买了保护心脏和胃肠的药。老爸的状态依然不好，不想吃东西。

老爸以前是个非常豁达、乐观的人，他一生开过好几刀。2001年，老爸因肾脏癌在上海拿掉了一个肾脏，他在病床上跟我们说："全家难得一起来一次上海，你们有机会应该多出去转一下。"

去年，老爸因肠癌开刀后，每21天要住院做一次靶向治疗。打完针的空隙，老爸偶尔会在病房的走廊上走走。有一次我陪他走过护士站，他站在那儿看挂在墙上的病人信息，看了很久，最后很开心地说："我的年龄最大嘛！"

武汉封城之后，老爸的情绪却彻底低落了。武汉的医疗系统崩溃，他自然明白我们过去求医的思路已被全部堵死。老爸在家里不仅食欲不好，偶尔想在网上听个书，看到网上也都是关于新冠病毒的消息，他想不知道都不可能。

我不知这种无序何时是尽头，很难开口安慰老爸。那天离开时，我告诉老爸要尽量多吃点，不要想那么多，我们都在熬，熬过这段时间就好了。

意外的是，当天晚上，我哥就打来电话，说老爸晚上排出的大便偏黑色，基于他去年住院开刀时的经验，我哥判断老爸是胃出血了。第二天上午，我哥还没来得及去买止血药，老爸就吐血了。

我匆匆开着车往父母家赶，到家后发现老爸已非常虚弱。父母家是老楼，没电梯，我哥本想把他背到车上去，但老爸的手已经没有钩住我哥的力气了。最后，是一位身体健壮的老邻居过来帮忙，他和我哥两人把老爸抬到了车上。

我们一路匆匆赶到中医院，把老爸抬到轮椅上时，他说他的眼睛看不见了。印象中，这句话是好长时间以来，老爸少有的几次开口。我鼻子一酸，告诉他，是血压太低了。

老爸被推进急诊室了，我们只能在外面等待。一辆 120 救护车开到了急诊楼门口，刚停稳，小护士就跑出来对着救护车内的人喊："什么病？什么病啊？"车上人答："脑出血！"小护士一边摆手一边说："快走，快走，没病床了！"那辆救护车迅速掉头，不知又开到哪家医院去了。

我想起最初带着老爸在城市里穿梭求医的那个晚上，料想面前这辆救护车里也许是跟我们相似的另一个家庭，这样的家庭在武汉乃至中国有多少呢？然而，我的内心却很难有更多波动了。

终于等到我哥出来，他对我说："排查了，肯定不是新冠肺炎，输了血，会诊完可以转消化内科病房了。"

我一颗悬着的心终于放下一点。

我哥和我妈留在了医院，让从小心脏就不好的我先回家休息。

一下午，他们都没给我打电话。等到下午四五点钟，我忍不住打了一个电话给我哥。我哥说老爸的情况还好，办住院时医生让报身高体重，我哥说100斤，老爸还难得有心思地搭腔：

武汉封城后空无一人的街道

现在没有了，只有90斤。

只是非常时期，普通病房也按重症的救治标准来，收费和用药都会贵些。我说没问题，我要跟爸说话。我哥把手机按了免提，我对着电话说："爸，你挺住啊！不要担心钱！"

放下电话，我迅速把我的信用卡额度调到了最高，然后准备了毛巾、牙刷、盆、饭盒等一堆住院用具，就准备往医院赶。

老爸是位科研工作者，退休前是单位里一个小组的负责人。在我记忆中他一直很忙，经常出差。我们家以前住的是武汉的老式楼，走廊是一条公共的长通道，邻里关系都很亲近。那时候，隔壁的叔叔也偶尔出差，他的妻子每次都依依不舍地要去送。有人就开玩笑地问我妈，说我爸出差，她怎么从不去送。我妈总会笑着回答："他这个出差频率，我可送不过来。"她也会直接埋怨老爸："为单位干事比为家里积极。"

我的心情就很复杂了，一方面希望老爸常在家里陪我；另一方面又盼着他坐飞机回来，能给我带回飞机上为保护耳朵发的口香糖。那时机场还在南湖，市区的上空经常可以看到飞机。有时，知道老爸哪天要坐飞机回来，我就仰着脖子望天空，等有飞机经过，我就会想：老爸是不是在那架飞机上。

去年，老爸因为肠癌开刀后，身体的各项指标复查结果都挺好，除了术后需要定时去做靶向治疗之外，我们一家人的生活还是从前的模样。老爸每天都会像从前那样去大院外看别人下棋，趁散步时躲开我哥去抽根烟。我女儿已经读大学了，放假从外地回来，老爸也还是会像从前她四五岁时那样，哄她说："咪咪，什么时候外公请你出去吃一顿？"

那天，后来因为心脏难受，我没有亲自去医院，而是让老公开车把东西送到住院部楼下，嘱咐他到了后跟我哥联系。但过了很久，老公打电话和我说："你哥一直没下来拿东西。"我很奇怪，只好又打电话给我哥，电话那头，他慌张地说："爸突然喊腹痛，好像快不行了，在抢救……"

封城、交通管制，我急得头皮发麻。不到10分钟，女儿接了一个电话，走到我的房间对我说："妈，我爸让我们换好衣服，他来接我们俩去医院。"

一直到进病房之前，我的大脑都是一片空白。值班医生还在做心肺复苏，但我哥说已经没用了，20多分钟前就不行了，只是因为我还没到场，他们在等我见老爸最后一面。

果然，当医生停止了人工救治，监控仪器上全部是一排直线。医生诊断为：消化道大出血。我拉着老爸还有余热的手，忍不住人哭："你怎么不等我来！"老爸微张着嘴，没有任何的回答。这世界上最呵护我的人走了。

我脑海中飞速回想着过去几天的经历，是我没有第一时间把老爸送进医院，我终身自责！疫情，把我这一生对老爸的孝心化为乌有。我不知老爸走时，是否感到孤独，只能流着泪小声告诉他："我们以后都会去陪你的。"

医生没给我们太多的时间悲伤，让我迅速去办理死亡手续。

路过其他病房时，我才发现其实病房里的空床很多。对于新冠肺炎病人来说，非常时期可能一床难求，而对于其他病人，问题不在于没有病床，而是没有医生。

殡仪馆的车来得很慢，等到了医院大门外还要做20多分钟的消毒。我本想让嫂子带哥哥家的两个孩子先回去休息，但老公说："等吧，非常时期，不会再有告别仪式了，这可能就是最后的送别了。"我突然觉得无比悲伤，忍不住流泪，大家也都原地站着，沉默不语。

那天夜里的风很大，老爸生前就怕冷。趁殡葬车没来，老

作者与父亲的合照

公和我哥赶紧开车回家，给老爸拿了一套他平时穿的干净衣服。

我们终于等来了殡仪工。我拿着衣服回到病房，发现老爸脚上已经穿上了两只袜子，正奇怪时，老妈说："我怕你们送衣服赶不上，就先把袜子脱了给你爸穿上了。"

老妈坐在老爸的病床边抽泣着，不知在低声跟老爸说些什么。他们俩在1964年分别从东北和江苏的大学毕业，被分配到同一单位，一起走过了56年。

疫情期间不允许家属跟车送行，我们在场的每一位亲人只好在病床前给老爸鞠躬。工作人员告诉我："一切从简，等疫情过后，会有电话通知家属去领骨灰安葬。"

3月6日，我看到了武汉的医院发布消息，说准备恢复正常门诊。这时距离老爸第一次去急诊看病，已经过去了整整一个月。

老爸走后，我真真正正地没有下过楼。一想到他的离去，我就对一切，包括我自己都充满怀疑。

我又想到老爸一生为人热情，常常被夸热心。过去我曾跟老爸探讨，他说："哪谈得上什么热心，有人找你帮忙，能帮就帮而已，别人没有困难也不会找到你这儿，有的人一生可能也就找你一次。"他应该怎么都想不到，自己在生命的尽头，最需要帮助的时候，却只能孤零零地硬扛，无处求援。

当初我是不是该不顾一切地想办法把他送进重点医院治

疗？但他若感染了肺炎，我又该怎么面对？我的选择让老爸躲
过了新冠肺炎，却没能躲过这场生死离别。

　　我从房间往外望，头顶是和儿时相同的天空，那时候老爸
走南闯北，每次有飞机飞过，我就会想：我爸爸在上面吗？

　　而如今天空湛蓝，空无一物。

作者家去往父母家的道路

干净的血

汪

酒

神

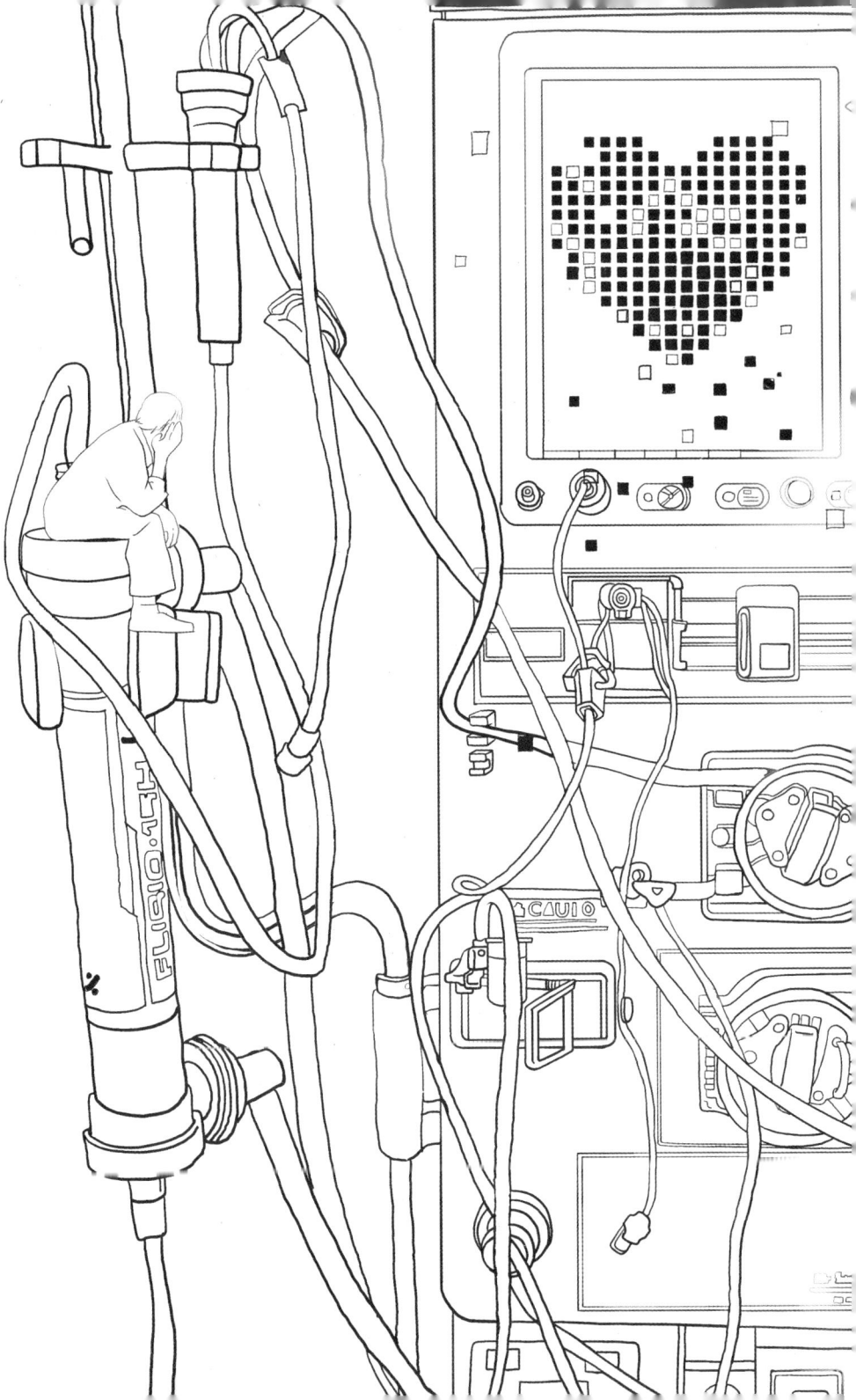

2020 年 2 月初，武汉，透析病室。

这个小房间里摆放着 10 多张床位，紫外线灯光照在白色墙壁、白色床单、白色天花板上。每个病人身上都有一个开放伤口，伤口连接着导管，体内带有毒素的血液顺着导管流入旁边的机器里，过滤一遍后再沿着另一条管道回到病人体内。

这样的循环过滤一般得持续 4 个小时。他们戴着口罩，闭着眼睛，乖乖地躺在病床上。即使屋里弥漫着消毒水的气味，也没有人抱怨一句。毕竟疫情当前，还能够挤进医院做透析的病人已经算是"幸运儿"了。

只是到了 2 月初，透析患者里也有人出现了发热症状，而且这样的患者越来越多。医院先是把普通病人安排在白天，发热疑似患者安排在晚上，做完透析后开紫外线灯消毒。但有些发热患者没这么自觉，他们下午就会来到医院，坐在门口等待，有些人甚至还掀开帘子试图走进来，不知道要干吗。

我妈就在这家医院做透析，一周要去 3 次，她是肾衰病人，我们再害怕也得去。空气里的新冠病毒不会休息，但人体内的肾脏也不会休息。肾衰病人感染新冠肺炎的存活率有多少我们不知道，但如果不透析，存活率是零。

1月20日之前，官方消息还未明确表示这个病毒会人传人，我们家人也完全没把新冠肺炎当回事。不过看到官方报道中感染人数迅速增长，我妈就决定今后这段时间里把一周三次的透析改成一周两次，减少暴露。医生同意了，我也觉得我妈的决定挺合理的。跟我妈病情有关的事基本都是她自己做主，我就是她的小助手。

我妈有遗传性多囊肾，有这种病的人无论如何注意保养，最后都会走到透析这一步。我妈属于久病成医，很清楚透析次数不足的话应该采取哪些措施，身边也常备着药品。

我感觉家里或周围人都没有觉得恐慌，可能在武汉长大的人普遍比较心大，哪怕是突然封城了，也都很淡定。亲戚群和本地同行群里，大家也只是分享采购的经验。人们无非就是尽量少出门，出门做好防护措施，反正别的事情也不是我们能控制的。

紧接着，各方面的管制都变严了，从1月26日开始，私家车禁行。我妈因为肾不好，体内积累的毒素伤到过关节软骨，导致走路不太方便。她听说居委会能调配几辆车，就打电话到居委会问能不能送她去医院。主任说只有一辆出租车了，可以安排，但这辆车之前送过小区的病人。我妈不太放心，就决定自己走过去。我们家离医院算是比较近的，而稍微住得远些的肾病病人就只能打车了。这种时候需要经常坐车出门的人，大概有很大一部分都是新冠肺炎患者。

　　这次做透析期间，医院的氛围已经不一样了。病人们需要全程戴口罩，医生、护士也都戴上了自己买的口罩与护目镜。他们说："连感染科的防护用品都不够，我们不自己买能怎么样呢？"

封城后的江汉关，江汉关是汉口的地标

　　接下来几次送我妈去医院时，我们发现做透析的病人明显变多了。因为其他医院一个个被征召为发热定点医院，原来在这些医院做透析的病人就得挪地方了。不过这段时间还能去医院做透析，也算是运气好了。

　　我们每次去医院都全副"武装"。我妈有一副老花眼镜，平时不喜欢戴，这段时间出门时都会特意戴上，当护目镜。我们把吃海鲜用的一次性手套拿出来，我妈还把很久以前的一个浴帽和装修之后买了一直没用的鞋套都找了出来，每次去医院的时候都把这些穿戴上。以前从来没觉得浴帽有什么用，结果现在家里只有一个，用破了我们还拿透明胶补过一次。

　　平常去做透析，躺着的4个小时里，我妈会玩一下手机，现在也不敢了，怕通过结膜感染，她会尽量闭着眼睛。每次回家后除了洗手、洗脸，我们还会把出门穿的衣服和鞋子全都脱下来放在阳台上晾着，换上在家穿的衣服。

　　虽然我妈的状况还好，努力用各种措施维持透析，但我明显感觉到，危险离我们越来越近了。

　　2月初，舅舅打来电话，说他们小区已经死了三个人了，其中包括一个他认识了一辈子的朋友（从高中开始，两人就是同学），这个人我妈也是认识的。因为疫情处于暴发初期，各种混乱的情况导致他们没来得及被记入统计数字。

　　2月11日，我了解到我妈做透析的医院中，总共五六十个透析病人里面已经有一个确诊，十几个疑似了。此时新冠肺炎的确诊标准比较高，诊断结果是疑似，那么病人大概率就是被新冠病毒感染了。

　　这一天，我妈也做了个重大决定。她告诉医生这周五的透析不做了，也就是说这周只做一次透析。我妈还告诉我她拒绝了做CT的要求，一来辐射大，太伤身；二来去做检查的都是疑似患者。"我一不咳嗽，二不发烧，无缘无故去做什么CT？现在做CT的地方不是新冠肺炎患者最集中的地方吗？我本来什么问题都没有，说不定因为去做CT反而感染了呢。"

　　"你看我们都做了，我们也都没症状，不咳嗽不发烧。"医生说。

　　我妈接着说："那你们密切接触了患者，去检查是应该的呀。"

　　医生一笑："你以为你没有密切接触吗？"

　　我妈说那一笑让她心里发毛。我妈没有搭话，自己默默躺了一会儿，再有医生走到她病床前的时候，她告诉医生这周的第二次透析不做了。

　　"你这一个星期只做一次透析肯定不够啊。"医生说。

　　"我知道不够，但是这个星期来医院实在太危险了，就我的身体情况看，如果感染了估计也是扛不过去的，新闻上说得新冠肺炎死的多半都是有基础疾病的，也就是我这样的。这周我就自己在家多吃点药撑一下，也免得一个人感染害得全家都感染。"

医生想了想也就同意了。

我之前看到过一篇文章，说全国最好的医院都派人来支援武汉了，"全村的龙把最硬的鳞都给湖北了"。本来是加油叫好的文章，我看着却觉得如临深渊，最硬的鳞毕竟也只是血肉之躯，数量也有限啊。

接下来的几天，我妈在饮食上严格控水控盐，按最大剂量吃炭片和开酮。炭片的作用是吸附体内毒素，开酮的作用是提高蛋白质的利用率并降低代谢废物的产生率。她甚至像冬天的松鼠一样有意识地靠少进食多睡觉来降低代谢率。

我妈平时还喜欢喝碳酸饮料，她也知道这类饮料对肾病病人来说很危险。她会先看配料表，如果上面有磷酸盐类添加剂，那就碰到了红线，坚决不喝，没碰到红线的话她爱喝的就会喝一小杯。不过这一周，这种碳酸饮料她完全不喝了。

2月13日的官方通报里，湖北地区的确诊病例一夜之间新增了14 840例。外地朋友看到这个数字大吃一惊，怀疑是不是自己看错了，我没有觉得惊讶，反而第一次有了一点安心的感觉。

患者离我们越来越近，这是一个事实，无论承不承认，他们都在那里，并以几何级数增长，现在统计清楚了，才有解决的希望。

只做一次透析的这周，我妈只是觉得有些头晕无力。但是这时候医院出了硬性规定，不做CT就不能做透析。

　　接下来的一次透析，我们像往常一样全副武装出门，还带了床不用的被子。到医院做 CT 时，我们遇到的每一个人也都全副武装。医护人员穿着防护服，病人们除了必备的口罩，还戴着各式各样的眼镜——普通眼镜、护目镜，甚至是泳镜。大家都保持距离，默不作声。还好 CT 结果显示没问题，我妈可以照常去做透析了。

封城后，作者家附近的街景

我们到病房之后，发现过去一个月内几乎全满的病床突然空出来一小半，原来在我妈少做一次透析的这一周里，医院排查了所有人，把感染的人都送去了定点医院。看来我妈之前的决定还是很明智的。

但这一次透析做完之后，我妈很不舒服，平时她走路已经很慢了，这次回来的速度比平时还要慢很多。我们家在 6 楼，平时上楼要花 10 分钟，这次用了 20 分钟；而且回家之后，她就在厕所干呕了近两个小时。

回来的时候本来是晚饭时间，但是她吃什么就吐什么，特别难受，也没精神说话，只能喝点水，吞点维生素。这是因为原本体内的毒素水平过高，做完透析之后血液突然干净了，身体反而不适应了，医生曾解释说，就像吸毒的人突然戒毒了一样。

我妈因为少做了一次透析而得到的"惩罚"还不止这些。

一周后的早上 8 点，我妈说感觉喉头有一大口腥腥的东西，吐出来一看是血。之后每隔一会儿，就有一大口半凝结的血块吐出来，还有一半是没吐出来吞下去了的，之后她就一直流鼻血。

我上网查了查，我妈又让我问了同样做透析的亲戚，他们也都有着同样的遗传性肾衰。最后我大概明白了是怎么回事。肾病病人体内的毒素浓度过高，会损坏鼻黏膜血管，也会导致血液凝结困难，再加上之前的透析次数减少，确实给身体带来了过大的压力。

不过我和我妈还是没去医院。在武汉，大家平常很少为一点小事去医院，现在这种高风险的时候更不敢去了。

我们母女就这样开始了"在家问诊"。我妈口述，我打字，在微信上问了3个认识的医生，但没有得到回复。到上午10点多时有一个医生回复了，但也无非是冷敷、吃药，这些我们都做过了。我回了谢谢，反正还是做那几件事，冷敷、吃药、查资料。

快中午的时候，我妈又喝了一轮药，她今天服用的云南白药已经达到当日最大剂量了，可还是一直流血，已经差不多200毫升了。我在想，要不还是找家医院去看看？

我开始在网上查询哪个医院有可能收治我们，发现武汉绝大多数医院目前都只收肺炎病人了，只有协和和同济两家医院还可以就诊。但是这两家医院的绝大多数医护人员也都去治肺炎了，说不定到了医院也没人管我们，而且折腾过去的过程中血会流得更多。不过我还是想打电话问问看。我打协和的电话，没有人接，打同济的电话，对方给了我另一个号码，跟我说"最好先打这个电话问一下"，而这个电话没有人接，我也不敢贸然前往。

我又在支付宝上找到一个线上预约挂号的入口，点进去发现武汉的医院并不能在线预约，只能在线咨询。我妈说咨询没有用，她要找一个手稳一点的耳鼻喉科医生，用内窥镜找到出血点，再用物理方法按压止血。因为出血点在鼻子深处，用纱布蘸云南白药塞进鼻孔也没法塞到出血点上。

我又在地图上查，发现我们家附近还有一个耳鼻喉专科医院，打电话过去也是没人接。过了两个小时，那个耳鼻喉专科医院有一个人用她自己的手机打过来问什么情况，我告知后，对方回答说他们现在是发热定点医院，无法收治其他病人。

作者在家里使用地图 *App* 搜索"医院"，地图 *App*
所显示的结果

我妈这时候开始交代她的银行卡密码、保险单放在哪个抽屉，诸如此类的事情。我们也就静静地听着，除此以外也没有更多的话可说了。我妈已经病了很多年了，现在全家人遇到事情已经只会去想怎么解决问题，为了还没有发生的事造成情绪波动是无谓的事，只会让血流得更快。

到了下午6点多，血还是止不住。这一天，我妈一直用一个旧塑料饭盒装吐出来的血，我和我爸已经清空过四五次了，现在里面还有不少血。

最后，我妈说还是去医院吧。她让我去拿衣服，帮她穿上，穿完又默默坐在桌边吃了点东西，可能她也不知道能去哪里。

我说实在不行我们就把这碗血端着去协和医院吧，看着吓人一点，被收治的希望会大一些，不然肯定是没人搭理的。我妈听完点了点头。她又默默坐了会儿，然后让我帮她打字，在微信上问给她做透析的肾内科主任："能不能去你们医院处理一下？如果需要的话办理住院也可以的。"

对方回答说他们那里没有耳鼻喉科的医生，也缺少必要的设备，治不了，还是建议我们用纱布蘸云南白药塞住出血的地方。于是我们再次卷了一条很长的纱布，全部塞进我妈鼻子里。

我认识一个专门负责报道新冠肺炎的媒体朋友，也在微信上问了问她有没有什么办法能联系到医院。她帮我上报了人民日报直报系统。过了一会儿，有个人打电话来，我说明情况后，对方建议我打120试试。

"要不要打120？"我问。

"现在血流得少一些了，可能刚才那条纱布终于把出血点塞住了，还是再等等看吧。"

还好，到晚上八九点，血基本上止住了。至此，我妈已经连续流了接近13个小时的鼻血，大概总共失血400毫升或者更多。

第二天，她的鼻子倒是没流血了，但是鼻子里塞的纱布还是不敢拔出来。我妈能感觉到纱布顶头处连着一个大血痂，总不能一直让它塞在鼻子里，但是又怕一拔出来又开始像昨天那样狂出血，我们一时有些左右为难。

最后想着让纱布多吸点水，把血痂泡软了或许可以松脱。于是我们就反复往她鼻子里滴水，折腾了几个小时，我妈扯着试了试，发现还是粘得很紧，也不敢硬拽，只好让这纱布留在鼻子里，再睡一晚。

第三天，我妈又去医院做透析——鼻子里塞着一大团纱布，外面还要加一层口罩，呼吸不畅，相当狼狈。

因为之前流血不止的关系，这次只能做无肝素透析。无肝素透析比普通透析的时间要短1个小时，不然在体外循环的血液会凝固。做完透析之后，我妈想着正好现在人在医院，不如找个医生帮忙把纱布取出来吧。肾内科的医生自己也不敢取，帮忙去外科找了一圈也没找到人能做这事。

我们只好回家。回家后，我们继续往我妈的鼻子里滴水，轻轻地把纱布往外扯，这时候鼻子也感觉到异物的存在，不停地流鼻涕。到晚上，我妈终于把鼻子里塞了两三天的那团纱布扯出来了。

随着方舱医院的建成，一切终于开始走上正轨，原来的流浪病人都被收治了，医疗资源紧张的情况也逐渐缓解。3月7日，我在手机上收到了运营商的短信，说全市共有8家医院已经恢复了正常门诊。总算熬过去了，不但妈妈可以恢复每周透析的频次，我也不用再担心她流鼻血止不住了。

因为之前我妈流鼻血这件事上报了人民日报直报系统，后来的几个星期里，我又接到好几个电话，询问她的情况。虽然知道他们都是好意，我也都是好好回答的，但又有点哭笑不得，如果当初妈妈没那么幸运地止住了血，现在这些电话再打来也改变不了什么了。

得了新冠肺炎的透析病友中，一个爹爹已经快好了，一个婆婆已经快不行了。

那个婆婆很任性，总是一餐吃两个皮蛋。以前我妈对此很不以为然，因为肾病病人根本不适合吃皮蛋，何况一次吃两个。经过这次的事情之后，我妈反而觉得那个婆婆也有些道理：现在她是快不行了，但不是因为皮蛋，而是因为新冠肺炎。

人生无常，既然这样，那还不如先吃够了再说。

隔离风波

孙
大
宴

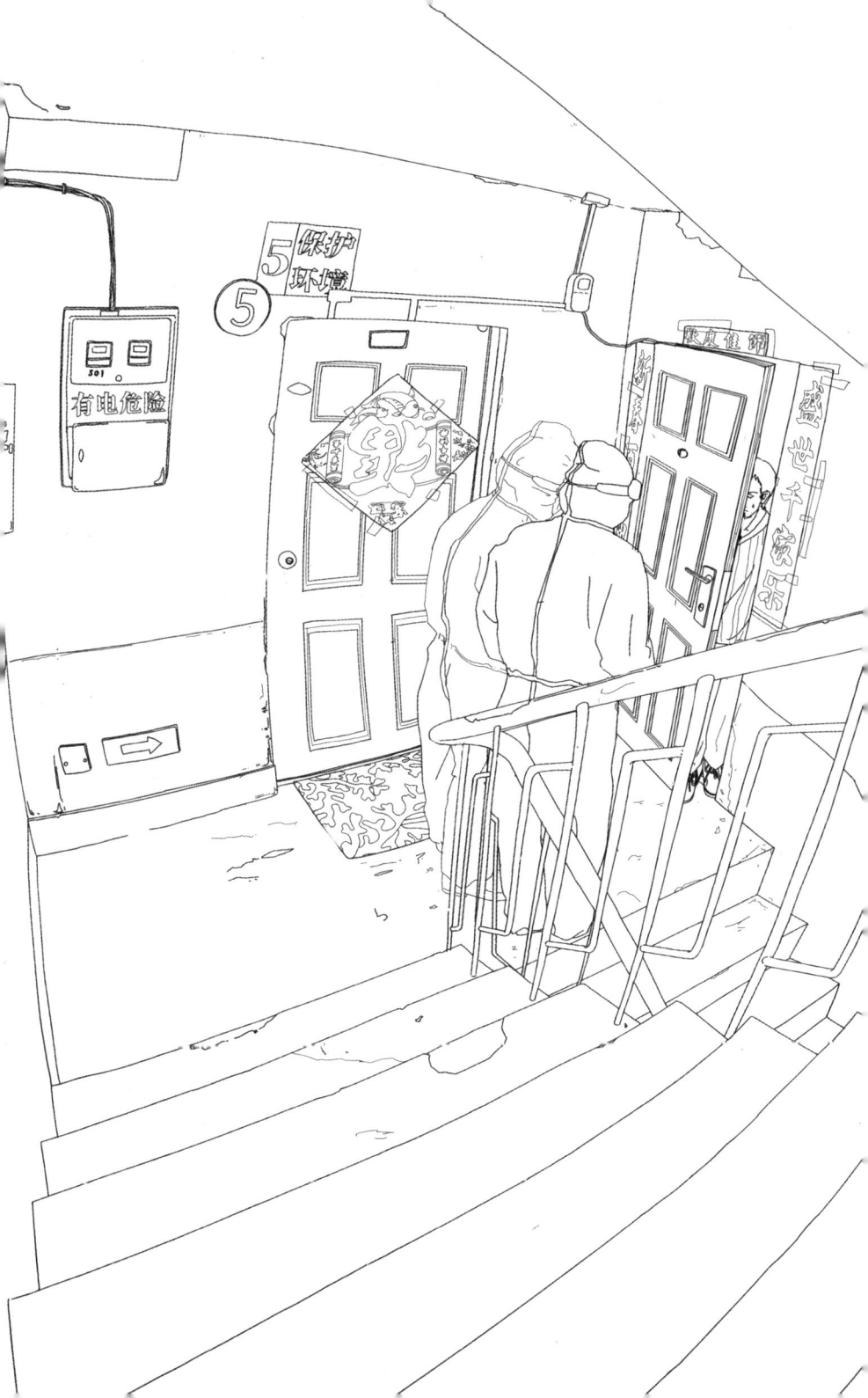

2020 年 1 月 23 日，农历腊月二十九，再过一天就是除夕。今年警察中队的任务重，全队的年假都没休。明天除夕，意味着一个难得的长假。上班路上，手机上不断弹出的新冠肺炎疫情消息让我略微有些紧张，但我觉得我们这个偏僻的小县城总不至于会有疫情。

我们这里是黑龙江的"福地"，周围都是平原，但我们县的地势要比邻县高出几百米，洪水、地震之类的天灾从没来过。哪怕是当年的非典，我们县也一个病例都没有，况且现在的重灾区武汉离我们太远了。

这几天刚下了厚厚的大雪。一路上看着积雪，我安慰自己，这是好兆头，希望这些雪能把病毒"过滤"干净。

刚进单位，我发现同事老三已经先到了，脸色有点不自然。还没等我打开办公室的门，老三就一把把我拽进他的办公室，把手机递给我，神秘兮兮地说："来，老孙你看看，绝对可靠的内部消息。"

我接过手机，消息内容是，一家人出国旅游，回来时经停武汉 10 个小时左右，回家后患者出现咳嗽、发烧的症状，去医院检查的结果为疑似冠状病毒感染病例。我脑子一蒙，又看了眼屏幕，这确实是我们县人民医院的文件。

我回头看着老三。老三点点头说："基本上确诊了。"

老三的话我信，因为他的亲属就是人民医院的领导。这意味着我们县城也有了第一例新冠肺炎确诊病例，而这个人在确诊、隔离前又传染了多少人？我不敢想。

整个上午，办公室已经完全没有了要放假的喜悦，大家都在有一搭没一搭地聊着，时不时拿起各自的手机看一看。我们都知道，电话一响起，我们的工作就要开始了。

下午 1 点左右，领导召集大家开会。我们县出现了我省首例新冠病例，省级专家正在往这里赶。作为警察，我们被分到了两个任务：一是在医院 24 小时执勤驻守，另一个任务则让我们所有人都五味杂陈——调查患者的接触人员。

听完这些，我的头"嗡"的一下，医院现在几乎成了令人谈虎色变的地方，正常人都不愿意去；而且调查患者的接触关系，首先就意味着我们要和患者接触。任务下来以后，没有愿不愿意，我们只能去执行。散会后，我们一队人紧急驱车赶赴医院。

一到医院，我们便发现整个医院办公楼的门都是关着的，就像没人一样。我们找到院长的办公室，刚要敲门，恰好出来一位领导，他是这个医院的二把手，也是老三早前提起的那位亲属。他的眼睛里充斥着红血丝，一看就是一宿没睡觉。我心里有点感慨，疫情中哪还有什么领导不领导的。

在隔离区只有一个对讲机可以用来沟通。等我们把所有接触关系确定下来，太阳已经落山了。

第二天，我们刚到警务室，门就被推开了，门口站着一个清瘦的小伙子，穿着黑色羽绒服、黑色裤子，戴着一副眼镜，连个口罩都没戴，站在门口问我们大夫在哪里。

急诊通道和警务室是连在一起的，看样子他是从急诊通道过来的。我有点纳闷，他怎么会找不到大夫，那里正常情况下是有大夫值班的。

我问他："哥们儿，咋的了？"

"有点高烧，来看看。"说这话时，他的神情隐约有点不对劲。

我赶忙追问一句："你从哪里回来的啊？"

"武汉。"

刚听到这两个字，我们几个人就一下子从沙发上站了起来。

警务室就这么点地方，此刻，我和他的距离不到2米。而我全身除了一个口罩，就只剩一身冬季执勤服了！我立即让他去大厅的角落待着，然后呼叫护士。

不能继续留在警务室里，我们只能出去，留下两个穿隔离服的护士指挥他戴口罩。那天的气温是零下 15 摄氏度左右，刚在外面站了一会儿，我们的耳朵就被冻得通红。后来实在坚持不了了，我们又回到了大厅里。

整个大厅已经被警戒线封锁，刚才那个小伙子自己蹲在大厅的角落里，每个来往医院的人都会多打量他几眼。我们都出去快一个小时了，他怎么还在这儿？怎么还没有接受检查和安置？

我问了问护士长，才知道小伙子没带现金。医院有规定，要先交钱再看病。护士长说这也是无奈之举，医疗资源太匮乏了，医生力量不够，而且都在照顾隔离区的病人，如果每个人都以这种名义免费治疗，那么医院就瘫痪了。

小伙子的情绪非常激动，我们先替他垫付了 800 元的检查费用，后来，他用微信给我们转了账。

小伙子走了以后，整个大厅都成了"污染区"，医院里人心惶惶。等待彻底消毒之前，我成了医院的临时向导，负责解决大家的疑问。

没过多久，我又接到了医院的求助，这让我整颗心都坠了下去——昨晚，一个隔离病人跑了。

怎么就跑了呢？我脑海中出现了一万个问号。

我们立即前往院长办公室。逃跑的隔离病人叫李小超，56岁，年前从武汉打工回来。现在还没确诊，但他已经在隔离区待了一天，跑出去的时候还在发着烧。隔离时他留了联系方式，医院尝试着打过电话，但他一直拒绝接听。

院长办公室的几个领导都着急了。李小超有可能是一个移动的传染源，如果不加以控制，不知道会造成多大的危害！医院没办法了，只好找警察帮忙。院长告诉我们，李小超或许是回家了，他走之前，留给医院的只有一个模糊的地址和几笔潦草的签名。我接过一看，纸上写着 6 个字：土地局家属楼。

土地局家属楼里面至少住着 100 户人家，不知什么时候才能找到。万一他要出门溜达，我们这个小县城不知道将要面对什么样的灾难。我们心里十分着急，最后队长发了话，无论怎样还是得先沟通。

"先到他家楼下去看看，120 的隔离车也跟着我们，如果可以的话，把他叫下来，直接就上车带走！"

得了命令后，我们火速赶往李小超家的楼下。途中，我们试着给李小超打电话。电话第一次打通了，可他一听是公安局的工作人员，直接就挂了电话！再打就无人接听了。

这样的态度像滚刀肉一样蒸不熟煮不烂，看样子他是决心要要赖到底了。抱着试试看的态度，我们按那个号码又添加了李小超的微信，没想到他同意了我们的申请。

　　我们第一时间向他发去了视频电话，李小超接通了。我看到手机屏幕上出现了一个中年面孔，脑袋细长，脸比较黑，眼睛不大。我只说了一句话："我是公安局的工作人员。"还没等我看清楚，他就把视频挂了。一扫而过的视频里，我感觉他应该在家里，没在公共场所，身旁隐约还有一位女性。

　　加上微信就好办了，他似乎不会删除微信好友。既然他不想跟我们说话，我们就给他发语音、打字，不断告诉他新型冠状病毒传播的严重性。我们告诉李小超，不要传染给家人，要为自己负责，也要为家人负责。按规定，如果他不配合我们的工作，我们将对他予以拘留的处罚。一条条信息发过去，手机屏幕上只有我们的聊天框，李小超一句话也没有说。

　　干等着绝对不是办法，队长抓紧上报给了局里，不一会儿指挥部就给队长打了电话。队长领着我回到了局里，他径直去了会议室，我在楼下办公室里等着，心里忐忑极了。我抓杀人犯时都没有这么紧张过，唯一的想法是只要不强制带离就好。

　　半个小时后，队长进了办公室，环视我们办公室内仅有的3个人，说："命令下来了，如果不听劝必须强制带离，必须将危险扼杀在今天。"

　　队长说他亲自去，另外还需要一个同志陪同协助。

　　我们屋里的3个人，一个是副队长，他腰伤了，走路都难；另外一位同志是辅警，只剩我一个正式民警。可还没等我自告奋勇，其余两位大哥都毛遂自荐，都说"我去吧，没事"。

我没给他们两个人机会，队长综合考虑后，决定让我和他一起上战场。

我和队长走进了局党委会议室，一进门就感觉氛围不轻松。主管局长和主管后勤的党委委员在等着我们，旁边政工的两个兄弟拿着摄像机一直在录像。所有人的目光都注视着我们两个人。

局长说："这个人很有可能不配合并且反抗，带好警械，保护好自己。"

可是防护服这种稀有的物件，医院的医生也不是每个人都有，我们局只协调了两件回来，多一件也没有，局长的眉头也拧成了一个疙瘩。

在会议室里，医院的人给我俩穿上防护服。这是我第一次穿防护服，穿上以后，汗一秒钟就渗出来了。呼吸变得很难，护目镜上面全是雾。大家都知道东北的室外有多冷，可却不知道室内有多热。会议室在5楼，我看不清路，只好一步一步地扶着楼梯走下来。想到等会儿自己可能要面对什么，我不自觉地握紧了手上的警用喷剂。

我步履蹒跚地走到公安局的门口，政工同志给穿着白色防护服的我们照了一张相片，我们旁边是公安局刚贴上的对联，头顶是四个字的横批——继往开来。

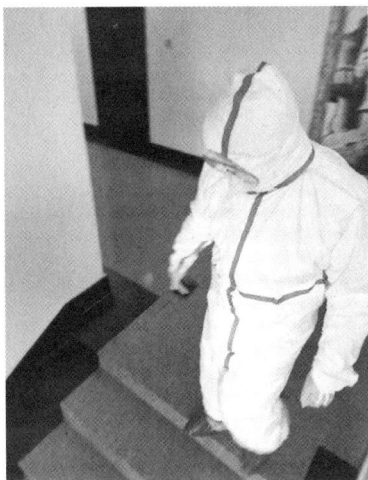

队长穿着防护服走下楼梯

　　我俩上了早就停在楼下的隔离车，据说我们县第一个确诊病人坐的就是这辆车。车上也很热，我脑门上的汗一直往下流，却不敢动手擦。隔离车前面是警车和医院人员的车，到了地方后，我们刚下车，一阵风便吹过来，一身汗被吹透，一下子变得特别凉快。

　　到了单元门口，护目镜的雾气消散了大半。准备打开门的时候，我下意识地回了头，隔着护目镜，我看到大家都盯着我。我深吸一口气，对他们说："你们在这儿等着吧，别上来了，危险。"我迅速地转过头，一大步迈向了单元门里，单元门"啪"的一声关上了，幽暗的楼道里就剩下我和队长两个人。

　　李小超家住在 5 楼，这是一栋老式的楼房，没有电梯，我们只能一步一步走上去。刚迈上第一节楼梯时，我心里还是免不了紧张，最坏的想法一股脑都涌了出来：假如他不听劝，是一个极端的人，撕破我的防护服怎么办？假如他要向我吐口水怎么办？假如屋里面有很多人怎么办？有太多的假如让我无法确定。父母、妻子、孩子的面孔也从我眼前唰唰地闪过，我只觉得脚下的楼梯太过漫长。

　　到了 5 楼门口，我轻轻地提前活动了下身体，假如李小超极端不配合，我一定要先一步制服对方。队长示意我打开执法记录仪。防护服没有兜，我左手拿着记录仪，右手拿着手铐。

　　工作开始了。

作者和他的队长准备出发

　　刚开始是缓慢地敲门，我用不大的声音问："有人吗？"

　　能听见屋里有人声，但一直没人开门，估计是相关人员正在和他微信沟通，让他们知道我们是警察。人都是这样，有麻烦的时候找警察，但是当警察找你的时候，肯定是你陷入麻烦了，警察敲的门都不是容易打开的。

　　队长又轻轻地敲了敲门，说："我们是警察，咱们之前沟通过，你把门打开，隔着门也是这么回事，能把事整明白吗？"

　　门还是没有开，也没有人回应。

　　队长又重重地敲了几下门，重复道："我们是警察，你最好配合我们的工作。你现在这样肯定不行，你要是再这样我就把开锁的叫来，而且我们正在执行公务，别因为这事，你再担上法律责任。"

　　然后我又重重地敲了几下门，门依旧没开。我在心里暗暗感觉这事估计不能善了。警察常会遇到这样不配合的人，只有给他当头一棒，他才能意识到错误。

　　我们最后强调了一次，说："根据政府公告，你从武汉回来，还有发热的症状，必须得隔离。如果你不履行公告义务，我们就得拘留你，希望你不要把事情搞成这样。"

　　队长高声说了一句："把门打开！"

　　话音落地，里面传出一个中年男子的声音："我没事，你们不用管我，我没得那个病。而且我就在家待着，我也不去别的地方，你们回去吧！"我们在门外能感觉到他一直在门旁边。

我们尽可能耐心地告诉他，就算没有症状，也有携带病毒的可能，而且他还是从隔离区回来的，即便不考虑自己，也得考虑考虑其他人。

他没有被吓到，说自己不愿意回那个地方，太冷了，又没有人理他。

我们提高了声音："别隔着门说话，否则我们就强行开门了！"

不一会儿，我听到里面门锁转动的声音，门开了。门口站着一个瘦高个儿男人，50多岁，面色有些发黑，细长眼睛，高鼻梁，穿着一件黑色格纹毛衣、一条黑色休闲裤，给人的第一印象就是干体力活的。

这个男人一开门，也被我俩的造型镇住了。我们提前考虑到了这种情况，队长手里一直拿着警官证，然后把警官证给他看了看。男人转身进了屋，我稍微有一些迟疑。这个男人没有戴口罩，他似乎一点都不在意家人！而且屋内形势不明朗，不知道有几个人。

哪怕警察的直觉告诉我不要轻易踏入陌生的环境也没办法，我们还是跨过门进入屋内。灯还是老式的镇流器灯管，屋内有些昏暗。进屋就是客厅，客厅里摆了一张桌子，菜刚刚上桌，还没动过。看样子他们刚要吃饭。等到看清楚之后，我意外地发现他家里居然有4个人，除了他本人外，有一位七八十岁的老人，还有一个中年男人和一个中年女人。

我心想，强制带离恐怕是最后的办法了，最好不用，最好能与李小超建立信任。

我想先找到李小超离开的原因。可没想到，刚问他为什么离开医院，他旁边的中年女人就按捺不住了。她语气激烈地质问我们："那医院是什么玩意，晚上死冷的，也没有人送吃的，在那待着干啥？检查费还花了400多块钱，本来人就没事，你们该干啥干啥去，反正我们不回去了！"

我们问了李小超，才知道说话的是他妹妹，另一个中年男子是他妹夫。他们已经20多年不在本地了，刚从辽宁回来。李小超的妹妹一头短发，得有50多岁了，面色蜡黄，脸上的点点黑斑不少，看着就面目不善，但她是这个屋里唯一戴口罩的人。

李小超附和妹妹，也说肯定不回去，检查花了400多块钱，还没人理他。

总结起来其实就两个事，看病就医的钱花得不情愿，隔离区的住宿环境一般。

队长表态说："那400多块钱要感觉花得冤枉，我个人都可以给你报了！等会儿你跟我走，咱们不回隔离区，咱们去新开的宾馆，那儿啥都有，正常住一宿得100多块钱呢，吃饭的问题你也不用操心，我们吃啥你吃啥！"

医院的隔离区确实没有那么多床位，县里把县城边上的宾馆都给征用了。

李小超的妹妹还是不听，一脸不屑地让我们别说那些没用的，还说我们糊弄人。"我们没杀人没放火，警察能咋的？"

本来我打算今天抬也要把李小超抬回去，可是这会儿心里却卸了力。这些都是我曾经保护过的人，究竟值不值得？

这时，李小超的母亲说话了。她的头发已经全白了，今年83岁，穿着一件老式棉袄，盘着腿坐在床上。

"这400多块钱花了，是上那儿遭罪去了！"

老太太只说了这一句，她始终坐在床上看着电视，眼睛都没有看向我俩。我突然间发现李小超可能才是这个家里比较好沟通的人。

我左手拿着执法记录仪，右手拿起了手铐，语气强硬了起来："你要好好地和我们走，还能给你看病，而且你看我们俩穿这身来了，让邻居看见也不好，咱们最好别引起邻居的恐慌。"

李小超看见我们这个样子，我猜他是害怕了，拿起衣服说："行，我和你们走。"

李小超走在我俩中间，像被押着的嫌疑人一样走下楼。楼下一辆隔离车专门等着我们，上了车，我们才有机会和李小超说话。

李小超告诉我们，他是年前从武汉回来的。李小超在武汉做钢筋工，和爱人离婚了，有一个儿子在外地，过年也没回来。平时只有他母亲自己在家，母亲虽然83岁了，但身体还挺好。

隔离宾馆与医院离得不远，5分钟左右就到了。我们把李小超送上楼，李小超在我俩要走的时候说了一句："这儿要是不好，我还得走。"我特意当着李小超的面告诉宾馆的负责人，一定要照顾好他，要是照顾不好，让他微信和我说！

送走李小超之后，我们在宾馆门口与医院的负责人沟通。李小超已经被找回来了，但他家里还有3个人呢！危险的地方能闯第一次是勇气，第二次也许就剩下畏惧了，不是畏惧可怕的病毒，而是畏惧人心。

再次登上那段黑暗的楼梯，再次敲开那扇门，再次面对剩下的3个人。这次，天已经黑透了。

我硬着头皮说："李小超有可能被感染了，为了你们的安全考虑，请你们也去宾馆住，正好可以照顾照顾李小超。"

他妹妹立刻说："我哥不是去了吗，你们还要干啥？我们不去，明天我就要回辽宁了！"

我真的忍不住了："大姐，我们是警察没错，需要维护社会治安、打击犯罪。但是，我才30多岁，我孩子才3岁，我抛家舍业来找你们，大过年的，你以为我愿意来吗？"我几乎把心里话都说出来了，"为了你们好，也是为了别人好。你住这儿，邻居不害怕吗？你不知道新型冠状病毒肺炎有多可怕、传染性有多强吗？"我又指着老太太说，况且老太太也83岁了，去那儿正好有个照应，省得李小超担心。

接下来的那一幕，我相信我一辈子都不会忘。

李小超的妹妹没有说话，老太太发话了："我哪儿都不去，我死也得死在这儿！"

我说："大娘您都83岁了，都度过多少岁月了，您也得考虑考虑别人啊，这个病的传染性特别强！"

这个老太太头都没抬，不在意地说："愿意传染谁就传染谁，愿意谁死就谁死。"

穿着防护服本来就非常闷，而且屋里非常热，护目镜上的雾气越来越浓，我的视线越来越模糊，模糊到只能看到一张张人脸，却看不到具体的神态。

我再也说不出一句话。

这时，楼下传来声音，把队长叫了下去。这时候叫人，肯定是有事了。我一个人留在屋里，继续看着这一家人。

看着难以沟通的妹妹和母亲，一时真的不知道该怎么开口。我心里琢磨，这次肯定不能来硬的，83岁的老人身体再好，也不够这么折腾一下的。

我诚恳地说："奶奶，您83岁了，我不知道您曾经经历过什么，为什么态度如此极端，但是我相信您也有孙子，而且

年龄应该和我差不多。假如您孙子冒着危险就是想让您换一个
环境生活几天，这个要求过分吗？"

老太太没有看向我，只不过说话时脸朝我扭了下，又收了
回去："我没孙子，要是我有孙子，他被传染上也活该。"

说完以后，妹妹还瞪了我一眼。

这个时候我真想放弃这一家人，可恶的人说的话就像刀子，
每句话都凌迟着善良人的心。我孤零零地站在门口，妹妹从床
上下来，走到厨房，端着饭菜摆上桌子，准备吃饭。隔着雾蒙
蒙的护目镜，我也能看到饭菜冒着蒸腾的热气，看着他家的鱼
肉，本该饿了的我却泛起阵阵的恶心。

他的妹夫招呼说，你们也辛苦了，这给你们麻烦的，要不
坐下吃一口。看来他人还不错。我笑了笑，摆摆手示意不用。

李小超的妹妹继续拿着凳子，这时我才发现自己在这个不
大的方厅内比较碍眼，已经耽误人家吃饭了。我不自觉地退到
了门口，他的妹妹还直盯盯地看着我，双手交叉在胸前，满脸
怒容。我知道，我该离开这个房间了。

我转过身，说去外面凉快凉快，还嘱咐他们别关门了，留
个缝，省着还得敲，让邻居听到了也不好。说完我虚掩着门，
转身出去了。

单元楼道的灯需要咳嗽一声才能亮，只有25瓦，即使亮了，
也非常昏暗。我慢慢地下到了4楼半的缓台，那样我能看得清
虚掩的门。

在缓台上，我开始思考怎样能把这 3 个人弄到隔离宾馆去。

不到 2 分钟的时间，虚掩的门开了，妹妹从门里面探出了头，伸出了半个身子，眼睛扫视了半圈，发现了站在 4 楼半的我。我礼貌性地对她笑了笑，向她招一招手。只是，我估计她看不见我的笑，因为有口罩的遮挡。

我不知道她开门是为什么。或许是她觉得我在外面站着太累，想让我进屋去坐一坐？结果她看了一眼以后，就重重地关上了房门，声音很大，震得连楼上的 25 瓦灯泡都更亮了一些。

我感觉到从头至脚的尴尬，那个不到 2 平方米的缓台仿佛成了我的避风湾，走也不是，留也不是。

偏偏这时候 4 楼的邻居出门了，他们看着我这身防护服有些蒙，问我这是咋的了。

我回答："大娘，不要靠我太近，我是公安局的，这段时间别总出门了，出门也要记得戴口罩。"

大娘赶忙问我："5 楼有人感染了咋的？"

我说："没确诊呢，不过你得照顾好自己。"

大娘一听就说："哎！那个 5 楼是不是老太太那家啊？那个老太太神神叨叨的，可怪了。"

我没有回答，只说没事时给楼梯消消毒。

我看着大娘已经做好了出去的准备，但她想了想，又回到了屋里。我突然感到有些轻松，如果我们在这里把守，这些无辜的人是不是就会多点安全感？想到这里，我自嘲地一笑。

　　我又在缓台等了10多分钟，队长才上来。他出去是为了讨论怎么处理老太太。83岁的年龄实在太大，不适合强制带离。队长说："指挥部考虑到特殊情况，让这3个人先居家隔离，由社区看着不让出门，等待李小超的诊断结果。"

　　天黑透了，我俩坐着隔离车回到医院。脱隔离服又花了不少时间。

　　从那天后，我们县城就封城了。我也一直没有回家，怕把病毒带回去。

　　后来我和队长两个人一起聊天时，我忍不住问他："咱们这么做值得吗？"

　　"没什么值不值得的，你不来，总要有人来，因为责任和义务，咱们也必须来，警察就是干这个的，而咱俩就是干警察的。"

　　队长说："万一李小超真是确诊患者，咱俩让他随便溜达，那危害多大？要是再传染给咱们家人呢？你说咱俩值不值得！"

　　我点了点头，说："那就是值得。"

作者的照片

"隔离站"闯关事件

房
土
地

　　2月4日早上8点，新冠肺炎被证实存在"人传人"的可能后的第15天，我被安排执行一个"特殊任务"。

　　和我一道去的还有队里能力最拔尖的两个"武林高手"。一个是治安大队王副队长，他是业务精湛的警察老兵，最擅长处理妨害公务案件，经他手进监狱的"抗法"分子不计其数，在同事里有"捍卫民警权益斗士"的荣誉头衔；还有一个是特警队刘队长，他也是特警队的专职武术教练，6岁习武，大学主修散打，正宗"练家子"出身，最辉煌的战绩是一次制服6名"花臂壮汉"。

　　但这个豪华组合不是要去逮捕什么穷凶极恶的犯罪分子，我们此行的目的地是本地刚刚组建的"隔离站"。那里会接收新冠肺炎患者以及和确诊患者密切接触过的人，简称留观人员。而我们仨的主要工作就是保证那里的安全，劝阻被隔离人员"闯卡"或"逃卡"的行为。

　　隔离站设在郊外，周围没有村庄，临近的只有一处火葬场。

火葬场里，焚烧炉隆隆地响着，滚滚黑烟冲天，又让这地方多了几分恐怖。

隔离站分为隔离区和办公区。隔离区是被隔离人员的住处，也是我们重点防护的地方，那是一排白色两层小楼，楼上楼下共 50 个房间，每个房间都安装了特制的防盗门，房间内部全是软包装，隔音和防护效果都非常好。房间内有两个床位，一个卫生间，除了必备生活用品，再无他物。

隔离区正在消毒

　　来这里前,我只知道这个新冠肺炎目前在武汉最严重,靠飞沫和接触传播,人传人,没有特效药。医护人员给我们发放了口罩和白大褂,剩下的只有再三叮嘱:勤洗手、勤洗个人物品。

　　中午12点,第一批确诊病人的密切接触者送来了,一共6人。气氛紧张起来,医生护士上前安置他们,我们3人穿好白大褂,戴好口罩,站在远处警戒。他们要在这里接受14天的隔离观察,每天10次以上的体温检测和医学检查,吃喝拉撒都在房间内进行。

　　隔离站的高墙上围着密密麻麻的铁丝网,即便隔离人员侥幸从隔离区逃走,也无法翻越这些铁丝网。我调侃刘队长:"就算有人跑出来,还有你这位'武林高手'做最后一道防线。"大家只当玩笑,都没有放在心上。

　　晚上6点,天完全黑了,隔离区的灯亮起来。我们的宿舍距离隔离区只有20多米远,透过窗户向外望,我看到对面6个隔离人员活动的身影。我第一次感受到,疫情近在咫尺。

　　最初几天,"留观人员"往往脾气暴躁——

　　"那么多人都没事,为啥只隔离我一个?"

　　"我就是去医院看个病,为啥就要隔离呢?"

　　"我就是普通感冒,为啥把我当犯人看待?"

　　留观人员都要经历一段心理适应期,过几天情绪才会逐渐平复下来。但2月8日那一批送来的人里，有一个叫陈强的男人，他是个例外。

陈强52岁，1月31日从广州打工返乡，2月7日出现高烧，疑似新冠肺炎感染者，被当地社区工作人员送来隔离观察。他个子不高，面庞黢黑，身材像小钢炮，一双长满老茧的手显得很有力，走路带风；身穿陈旧的迷彩服、脏兮兮的牛仔裤，长发蓬乱，一副农村汉子模样。他不暴躁，也不发脾气，跟其他人比起来显得有些拘谨和木讷。

医护人员会定期给留观人员上课，讲解感染新冠肺炎的症状和必要的防护知识，所有人都会耐心听，有的还专门做笔记，用手机录音后反复听。陈强在其中却总是目光呆滞，从不参与讨论，医护人员点到他的名字都不吱声。渐渐地，大家觉得陈强有精神问题，都疏远了他。

更可疑的是，陈强每天总有接不完的电话。每次电话一响，他就急忙躲进厕所里接，出来就黑着脸，情绪十分低落。我担心他是被电信诈骗盯上了。

王队长主动问他："陈强，你接听的是自称公检法人员的电话吗？"

"不是，是朋友的电话。"陈强回答。

"遇到什么困难及时跟我们说，我们会尽力帮你的。"

陈强挤出一丝微笑，答应了。

我总觉得他是遇上事了。我曾私下问他为什么不听课，陈强愣了很久，说："听这有啥用，活着是一件很辛苦的事，不如感染死了的好。"

我当时想，这人是不是觉得自己得了病没治了，要轻生。为防止出什么状况，我们将他列为重点观察对象，安排在2楼6号房，加强巡视，密切关注他的一举一动。

2月18日上午10点，我正在监控室值守，突然对讲机里传来呼救——"隔离区2楼6号房，快来支援！"

我一下反应过来，这是陈强的房间。

出事了！

我们仨一路小跑，刚跑到隔离区2楼走廊就听见一个男人的吼叫声。"我是死是活不用你们管，你们别拦着，我要出去！"

随即门"咣当"一声打开，一个身影冲出6号房，朝我们这边跑来，一边跑一边不住地回头张望。

是陈强！

我们迎上去堵住他的出路："请你立刻回房间，否则就对你采取强制措施了！"我下意识摸了摸腰间悬挂的警棍。

"闪开，别挡我道！"陈强握着浑圆的拳头胡乱挥舞。

刘队长瞅准时机，用一个漂亮的"切别摔"将陈强放倒在地，摁压他的后背和脑袋，我摁压胳膊，王队长整个人趴在地上，控制住陈强的两条腿。陈强像条活鱼一样不停地翻腾。

我们费了很大力气才勉强控制稳当。陈强的脸憋得通红，大口喘着粗气，还不忘扭动身体叫嚷："有本事你们就治死我，我也活够了！"

我们合力将陈强从地上架起来，将他押回了 6 号房。推开厚重的防盗门，我才发现检查的护士倒在门后，门口还扔着一块手机电池，机身不知道扔哪儿去了。陈强耷拉着头，双手插进蓬乱的头发里，唉声叹气："让我死吧，别管我了，我活不成了。"

"有啥话不能慢慢说，干吗寻死觅活的？"

还有 4 天，陈强的隔离期就会结束，他就能回家了。我实在想不通这人为什么要在这种时候"暴力闯卡"？

护士说，上午 9 点半她照例查房，正赶上陈强在打电话。护士听见陈强越来越激动，还爆出脏话："中，去你妈的，就这样吧！"

护士要给陈强量体温。陈强说："量个屁，我都被你们关得妻离子散了！"接着一把抢过护士手中的体温计，狠狠摔在地上。护士弯腰去捡，陈强又把自己的手机摔在地上，弹出的手机电池砸中了护士的脸，幸好护士的脸上戴着防毒面具。

王队长安抚陈强："有啥事跟我们说，干吗这么激动？"

"跟你说了也没用！"陈强没好气地说，"你们爱咋咋地吧！大不了弄死我！"

我拿了一瓶矿泉水递给陈强，他仰头一口气喝掉大半瓶。

情绪稍微平复了，他才开口说："我要出去筹钱，不然我媳妇就被催债的逼疯了，要跟我离婚！"

两口子闹离婚也不能闯卡啊！陈强暴力闯卡的行为涉嫌阻碍执行公务，按照规定要处以行政拘留。一听到"行政拘留"4个字，陈强"扑通"跪在地上，拉都拉不起来。刚才还嚷嚷着死也不怕的硬汉这么快认怂了，我忍不住在心里笑话他"孬种"。

"能不能不拘留，我女儿考上公务员了，我要是拘留，我女儿的政审就完了！"陈强跪在地上央求着，"如果拘留我，俺就去死！"他咬着下嘴唇坚定地说。

看陈强的样子应该没撒谎。农村孩子考出个公务员太不容易了，"24拜都拜了，就差最后一哆嗦"，如果因为这最后一哆嗦耽误了孩子的前途，当爹的肯定悔恨一辈子。

我们答应跟领导请示，陈强才挪动双腿要起身，结果腿跪麻了，好几次都没站起来。

领导安排我去核实情况，我去了陈强家所在的村子，才了解到这个沉默寡言的男人背后的故事。

我们先到了村长家。村长正"躲"在卧室兼广播室里，操着方言念防疫宣传材料。各类红头文件混杂着宣传手册堆在饭桌上，上面零星沾着油渍。

说明来意后，村长主动带我们去陈强家，路上说了很多陈强的事情。陈强是村里出名的热心肠，盖房修路，他都热心张罗帮忙，大家都喜欢跟他相处。陈强的媳妇耿艳翠虽然"嘴上不饶人"，但也是个热心人，谁家婆媳妇生孩子总能看到她忙里忙外。

两口子在村里口碑不孬，最近刚评上"四德好人"，村头的光荣榜上还有两人的照片。家里一大一小两个孩子，学习成绩都不错。姐姐很争气，大学毕业就考上了外地的海事局，是村里第一个考上公务员的孩子。

陈强一家人就挤在一间破旧的瓦房里：黄泥堆成的低矮厨房，一道绳索捆绑的木头栅栏门，院子里有一小块方形菜地，墙角放着一辆破旧的踏板摩托车，落满尘土。堂屋门敞开着，屋里空荡荡的，但物品整齐有序。沙发破了几个洞，露出棉絮，一张老式木头床和一张条形桌依墙放着，桌面上摆着一台黑白电视机。

我们到的时候，陈强的媳妇耿艳翠正在床上躺着。我们表明身份，跟她说了陈强在隔离站的事。她没什么反应，只背对着我们冷冷地说："我知道了。"

"陈强可能要被行政拘留！"我提高嗓门说道。

听到"拘留"二字，耿艳翠马上起身下床，"会不会影响俺妮儿的政审？"边说边将院里的鸡赶开，关上堂屋门。

"警察同志快请坐。"她掂起暖瓶晃了晃，"不好意思，我这就去烧水。"

我让她不要忙活，就谈谈陈强的事。

"别提了，他没脑子！辛苦干了一年没落着一分钱，家里穷得揭不开锅，要账的跟苍蝇似的整天拱门，我跟他过不下去了。"

耿艳翠心直口快，心里憋不住事。她说陈强是个老实男人，不吸烟，不酗酒，对她和孩子都好，挣钱全交给她，但他只知道闷头干活，不防备人。说话间，耿艳翠的手机响了，她接起来说道："我都跟你们说800回了，陈强借的钱找他要，我跟他打离婚呢，别再给我打电话了！"不等对方说完就挂断了。

至此，我们终于知道了陈强这些天来总神神秘秘接电话的原委。

现在我也知道了，最想见陈强的人不是他老婆，而是债主。

陈强是建筑技术工人，一年前跟着包工头李伟明去广州打工，讲好一天工资400块钱，还兼职做小工，一个月算下来能有2万块，年终结算24万。李伟明让陈强过完元宵节找他结算工资。陈强听信李伟明的承诺，放弃春节团聚，帮李伟明义务看工地，1月31日才匆忙赶回家。

陈强没拿到工资，媳妇耿艳翠恼怒地数落丈夫："没用的窝囊废！"陈强笑着哄媳妇："等我抱回24万元现金，看你还敢说我。"

一年前，耿艳翠患上子宫癌，手术住院费前前后后总共花了近15万。这些钱是陈强求爷爷告奶奶，从亲戚朋友处借来的。亲戚朋友看在陈强为人老实、肯吃苦的分儿上，再加上陈强再三保证一年后连本带利一并偿还，才勉强出借。为了凑钱，陈强甚至瞒着妻子将农村老宅抵押出去，还再三叮嘱朋友们不要让耿艳翠知道这事。

春节前，不断有亲友给陈强打电话催债，为了让亲友相信，陈强把包工头给他出具的工资凭证拍了照片一一发过去，但债主们还是不放心，联系不上陈强时，就将电话打到了耿艳翠那里，媳妇最后还是知道了抵押老宅的事。耿艳翠骂他是"败家玩意儿"，陈强总是笑着"嗯，嗯"应下。陈强觉得，只要能保住媳妇的命，搭上自己的命也值了，何况一间老宅。

1月31日，受新冠肺炎疫情的影响，外地返乡人员不让出门，陈强找李伟明结算工资还债的事暂时搁浅了。2月7日，陈强又不凑巧地发起高烧，被社区人员送来隔离站。

"陈强被隔离"的消息在十里八乡炸开，"隔离观察"被传成了"确诊新冠肺炎"。债主们认定新冠肺炎是绝症，染上后只能等死，他们怕"死无对账"。没法上门讨债的债主们只好窝在家里一遍遍打电话，陈强的电话占线就打给耿艳翠。自从陈强被隔离之后，这样的情况天天如此。

陈强心急火燎地联系李伟明，想让媳妇耿艳翠代领，但李伟明推说："工资只能本人领取。"2月10日开始，李伟明电话干脆关机，发微信也不回，一连多天如此。

"陈强的老板跑了！"这消息像一颗重磅炸弹，再次在朋友圈里炸开了锅。亲友们的"电话轰炸"升级了，冲着陈强和耿艳翠撕破脸皮爆粗口："你们要是不还俺的钱，我诅咒你们一家人不得好死！""还是人吗？连亲戚都骗！"

陈强即使吃饭、上厕所时，都不敢让手机离身，但没人再相信他了。

2月16日晚上9点，陈强的亲舅舅趁村头检查站工作人员换班时偷跑出来，翻墙进入陈强家中，扯着嗓门骂："娘的蛋子，你以为躲进隔离站就没事了？"

"舅，陈强娘是您的妹妹，您咋也骂自己的亲妹妹啊？"耿艳翠低声下气地给舅舅赔笑脸道歉。

"别跟我扯这没用的，你们不还钱，跪下喊爹也没用！"舅舅把耿艳翠踹倒在地，"不还钱，老子就卖你们家的房子！"

"这猪狗不如的日子，啥时候是个头啊！"耿艳翠越想越委屈，最后竟躺在地上大哭起来。耿艳翠是个坚强的女人，以前小腿摔骨折都没掉一滴眼泪，这次居然被自家舅舅逼哭。

第二天上午，耿艳翠把舅舅上门逼债的事告诉陈强，她给丈夫下了死命令：要么还钱，要么离婚。陈强了解媳妇的脾气，两人结婚30年，虽然争吵不断但谁都没有提过离婚，这次耿艳翠是吃了秤砣下狠心了。

"媳妇你不能跟俺离婚，咱们还有两个孩子啊，看在孩子的分儿上也不能走这一步啊！"陈强反复劝说。耿艳翠则"老婆子跳井——坚决到底"。

老实巴交的农村汉子为了保住家庭，才闹出"闯卡"这一出儿。

耿艳翠突然从床头抽屉翻出两条中华烟，两手端着递给我们："我们家也没啥值钱东西，这两条烟是我留着春节待客用的。疫情闹得现在这烟也派不上用场，你们拿着路上抽。"

我们不收，耿艳翠着急了。

"陈强真的会被拘留吗？大妮是俺们家的希望，陈强耽误了孩子，俺死了都不会原谅他！"耿艳翠抹着眼泪说。

我知道她的顾虑，向她再三保证："你家大妮的事我们会想办法的，不能让孩子受牵连。"

耿艳翠不懂得如何客套，只是一个劲儿向我们鞠躬。

我们打听到村里还有一位工友跟李伟明干过4年活，就让耿艳翠带路去看看。工友说："前两年李伟明结款还算及时，听说这两年他拿工人的工资去炒股，每半年或一年结算，有时就会拖欠。"

这位工友曾经跟陈强在一个工地干了一年："他是个有血性的好人，为我们出过头，大家都念他的好。"李伟明的电话始终关机，工友否定了耿艳翠提供的李伟明住址。"这家伙狡猾得很，我带你们去。"

我们七拐八拐来到县城一处偏僻破旧的居民小区，在李伟明家门口敲了很久也没人开门，邻居也没人回应，我们只好打道回府。

但小城是熟人社会，想打听一个人并不难，工友发动了亲朋好友协助提供李伟明的信息。随着帮忙人数的增加，越来越多的信息向公安局汇集，我们逐渐摸清了李伟明的底细。

李伟明45岁，以前因为打架不要命，江湖人称"亡命明"，是派出所的常客。本来是个穷光蛋，后来跟人合伙做建筑生意逐渐发了家，"亡命明"摇身一变成了"李总"。李伟明在本地招募工人去南方承揽建筑工程，因为工资高、结算及时，很多工人跟他干活。

但最近几年，李伟明炒期货亏了不少钱，他的银行账户显示，他近半年的大额现金流通频繁，其名下数10张银行卡总共只剩不到2万元的存款。我们和法院联系，发现多人因民间借贷纠纷起诉李伟明，涉及金额1000多万元，已经立案，就等疫情过了开庭。

李伟明的妻子经营一家化妆品店，原本生意不错，但最近连还钱的人也联系不上她，其他亲戚的电话也全都关机。看来这是早有预谋的。

我们查阅各交通卡口和高速路口的监控录像，追查到李伟明开着他的丰田皇冠轿车一路北上，进入了哈尔滨境内。疫情期间，我们不便出差办案，于是向哈尔滨警方发出了协助函，只要李伟明进入公共场所被监控录像拍到，指挥中心就会收到报警。

一张"猎狐"的天网越来越大。

2月22日上午9点，哈尔滨警方返回消息：一个戴口罩的男子被商场公共探头抓拍，触发报警，疑似李伟明。而此时远在千里之外的我默默祈祷：老天爷保佑，一定要抓到李伟明。

通过对比探头里的可疑男子与李伟明的人像，相似率只有68%，哈尔滨警方犯了难：如果不抓，可能错失了一次良机；但一旦抓错了，不仅打草惊蛇，还耗费人员物力。疫情期间，各地都担心警员执行抓捕任务会遭到人身伤害，或不幸中招感染。

哈尔滨警方决定先安排派出所民警到现场布控，随后特警车增援。两名身材强壮、戴口罩的便衣民警走近可疑男子，男子警觉后立刻逃跑，边跑边回头喊："抢劫了！"疫情期间的商场本来人就不多，根本没人搭理，可疑男子一直叫喊着抓错人了："我指天发誓，我不是李伟明！如果是就不得好死！"

看着眼前头发稀疏、身材肥胖的中年男人，再看看户籍照片上有着乌黑长发、长相清瘦的男子，外加这个人恶毒的"指天发誓"，民警心里也有点犯嘀咕：现场抓捕人员请示指挥中心，指挥中心下达命令，将人带回派出所调查。

　　终于在中午 12 点半，哈尔滨警方发来消息：已将可疑男子带到派出所。为确保身份信息准确，他们给男子现场拍照，上传到人员信息系统比对，指挥中心还安排法医到派出所取血样做 DNA 鉴定。最终，人像比对相似度 98%，DNA 也给予了确认。

　　李伟明仍不死心，狡辩自己有个双胞胎弟弟，可能是弟弟犯事了。哈尔滨警方直接告知，按照当地政府要求，李伟明会被送到隔离站接受医学隔离观察。这下李伟明慌了，担心自己这一去会感染上新冠肺炎，终于承认自己就是李伟明。

　　我们决定让陈强与李伟明在警察见证下"当面"对质。视频接通，一名头发蓬乱、胡子拉碴的中年男子站在派出所询问室内，旁边站着三名警察。

　　"你是李伟明吗？"我问。

　　"是的。"

　　"你欠陈强工资吗？"

　　"这好像不归警察管吧？"李伟明露出不屑的神情。

　　"李伟明，你为啥跑？"陈强愤怒地问，"说好等隔离结束就给我结工资，给你打电话、发视频也没回音。"

　　"我没做亏心事，干吗跑？我没躲，我是去哈尔滨办点事，这不咱们又见面了。"李伟明不紧不慢地狡辩。

　　陈强人老实，根本不是李伟明的对手，我提示他说重点，陈强才回过神，提高嗓门问："你说啥时候给我结算工资吧，我现在急得很，急等着用钱还债。"

"就这两天，等我办完事，你先让警察放我走。"李伟明看似在和陈强商量，实则仍在兜圈子。

我摊开劳动局开的责令整改通知书，把手机凑近让李伟明看。"李伟明你想好了，如果不按规定时间结算工资，劳动局就要对你执行行政处罚，到时公安也会立案，你就等着蹲监狱吧。"

隔着手机屏幕，李伟明的脸都吓白了。"不劳烦警察，我会想办法筹钱给老陈结算工资的。"

李伟明再三保证，会将24万元工资打进陈强的银行卡。

第二天下午5点，耿艳翠给陈强打电话，说收到钱了，耿艳翠立刻转账给亲友，彻底还清了债务。

这一天也是陈强解除隔离的日子，我们送他回家。他发烧是因为扁桃体发炎，不是感染新冠肺炎。

"我不知道怎么感谢你们，就给你们磕头吧！"陈强流着泪跪在地上，我们三人费了很大力气才将他扶起来。

公安局领导一致认为，陈强暴力闯卡并非出于故意，而是事出有因，护士也已经谅解并出具了谅解书，我们最终没有追究陈强的法律责任。我们将处理结果告诉了他们夫妻两人，他们不停地念叨："谢谢警察同志！"

这场追讨不光结果让人满意，还有一个关于陈强的"意外收获"，我们将从工友那儿听说的事告诉了耿艳翠。

2014年3月份，陈强跟同村的工友们去广州做泥水匠，当时常有小混混到工地敲诈工人钱财，不给钱就会被毒打。6月初的一晚，宿舍熄灯后，工友们躺下睡觉，突然闯进来4个光着膀子的混混，他们的背上、胳膊上都是文身，手里提着大砍刀，样子十分凶狠。

混混晃着砍刀挨个敲床："识相的快把保护费交了，不交的话，今天晚上要你们好看！"

陈强递上50块钱，说："大钱都在外套口袋里放着。"

混混接过钱，打了陈强一耳光，让他去拿钱。陈强下床向门外走去，背后传来工友被殴打的声音。陈强从工地上捞起一把铁锹返回宿舍："你们这群王八蛋都给我住手，别以为农民工都是好惹的！"

"哎哟，还他妈真有活腻了的！"4个混混提着砍刀朝陈强围过来，为首的拿着大砍刀朝陈强砍过去。陈强用铁锹挡住，顺势拍在混混的肩膀处。其他3个混混挥刀朝陈强砍去，陈强左躲右闪，又将两人拍倒在地。工友们被陈强激励了，纷纷拿起暖瓶、扫把，将几个混混赶出了宿舍。

陈强的胳膊被砍伤，被工友送往医院，但从此他在工友中树立了威信。大家伙儿有事都喜欢找他商量，他遇到了困难大家也乐于帮忙。知道这件事的人不多，陈强也没告诉耿艳翠。

还有一次，陈强在建筑架子上推装满砖块的小车，脚底踩空，从 2 米高的架子上摔了下来，小腿骨折住进医院。李伟明提出两个方案，要么陈强躺在医院治疗，他出医疗费；要么他一次性支付 5 万元钱，不管落下什么后遗症，工地一概不负责。陈强为了多攒钱供孩子读书，选择拿 5 万元钱，不住院，后来落下轻微跛脚的毛病。

听到这儿，耿艳翠喃喃地说："老陈说小腿的伤疤是不小心碰的，原来是这样。"她忍不住放声大哭起来，"自己的爷们儿为这个家受了这么大的委屈，而我却吵着跟他离婚。"耿艳翠边哭边打自己的脸。

"你以后对他好点，多关心关心他比什么都强。"我说。

耿艳翠重重地点头，直到现在她才知道，丈夫的"窝囊"换来了一家人稳稳的幸福。

疫情终将过去，我听说，陈强已经准备好外出打工了。

特别任务

蒋

述

2020 年 2 月 21 日，下午 6 点 50 分，星期五，距离逐步
解除交通管制还有 10 分钟。残雪尚未消融，城西高速出口卡
点的车辆和路障在陆陆续续地撤走。交警、派出所的执勤人员、
志愿者们都是一脸轻松，终于可以松口气了。自疫情出现起，
交通管制已经持续半个月了，虽然我市仅有几例患者，但是新
冠肺炎这个幽灵好像随时徘徊在城市上空，让人喘不过气。

刚一解除管制，一辆黑色奥迪马上从路边发动，直接驶进
高速路口。驾驶员冲着卡点还未完全撤走的执勤民警打了个招
呼，伴着咆哮的引擎声渐渐消失在夜色中。

开车的就是我，副驾驶是被我们称作"龙哥"的老辅警，
车后排坐着的则是一老一少两位女性。

"嘿，老蒋你这么着急走，这回是抓贼还是办案？"一个
穿反光背心的高速交警冲我打招呼。

"救人！"我说完就开进了高速。

我是解除管制后第一个开上高速的。整条路上没有一辆车，

车开得很快，几秒就加速到 120 千米 / 小时，我把氛围灯调成暖色，放了一首比较轻快的《NONONO》，开始不停地和后座的女孩说话。

后排的女孩戴着蓝色医用口罩，围着大围脖，但从眉眼间仍可看出她是个相当漂亮的姑娘。可这个漂亮女孩的眼神里却透着一股子悲戚。她并不接我的话，只有旁边的老奶奶有些笨拙地说着"多听听人家警察小哥说的""谢谢了，我老太婆谢谢你们"之类的话。

我一个人像说单口相声似的说了 10 多分钟，加上空调温度开得高，已经口干舌燥。龙哥递给我一瓶水，我喝了一口，身体瞬间被冰凉的矿泉水搞得一激灵，还想继续找话题。这时，一直低头不语的女孩终于吱声了——

"警官，你好像从这个病里恢复得不错啊。"她抬起头说。

我从后视镜里看到她终于有了一丝笑意。

2020 年 2 月 5 日，大街小巷空无一人，因为几天前我们这儿也封城了。我在办公室连续值班数日，牛奶、零食消耗殆尽，半夜只能靠方便面打发饥饿。KTV、饭店、大排档都停业了，少了很多闹人的酒鬼，派出所的报警也少了，我们每天的主要工作变成在疫情防控卡点上巡逻检查。很多同事甚至还有些享受这一份时光。

这天晚上10点，好几天没响过的警铃突然响了，报警人称自己是个行动不便的老人，孙女是危重病人，需要救助。

"不会是精神病闹事吧，前几天黄所长出'武疯子'的警差点被砍，你把防刺服穿上。"同事龙哥对我说。

2月1日晚上，一个拿着菜刀的"武疯子"要砍自己的哥哥，结果一刀剁在铁门上，刀刃卡在门上拔都拔不出来。所里出警后，武疯子嚎着要拔刀冲向民警，黄所长用强光手电把武疯子的眼睛晃晕后，大家一拥而上，直接将其拿下，送去了精神病院。

"不可能，报警的这地方我记得没有在册的精神病患者。"我说。

嘴上说着不可能，但我还是把防刺服套上了。龙哥笑话我："怎么尿了？"

报警地点是一片自建平房，属于附近的镇子，路口已经搭上了蓝色棚子，几个志愿者在棚子里聊天，他们看到警车来了，赶紧迎过来。

"封村了，不能进。"他们说。

"我们出警也不行？"我有些意外，军警车辆以及救护救援车辆是不受管制的。

我出示警官证也没用，对方非要我去分局开工作证明。这几个生面孔我从来都没见过，我有些着急。车上的龙哥听到后赶忙下车来解围。

"我们接警说里面有人需要急救，要是因为进不去耽误了人命，那你们负责吧！"说完，龙哥拉我作势要走。

果然这招奏效，对方的脸色一变，赶紧放行。

"真是死脑筋。"车开远了，我还是有些不高兴。

前面一片漆黑，车打着远光停在一个公厕旁，从厕所后面一片漆黑的巷道往里数第5个铁门就是报警地点。我摁亮手电，几个人踏着满地的烂泥和碎石钻进巷子。

带着一脚的枯草烂泥，可算是走到报警人家里，附近的狗听到动静也叫了起来，我拍了拍那扇红铁门。

"来了！"里面一个苍老的女声应了下。

等了好几分钟还没人开门，大家有些着急。我把耳朵贴到门上，听到鞋子趿拉着地面的声音，隔几秒响一声，不仅如此，我听见屋里似乎还有哭声。

开门的是个老太太，腿脚不好，她说自己也是没办法，孙女没吃药，正在家闹腾，又哭又闹地要出去，自己实在是没办法才报警的。

我们走进堂屋。这是个典型的南方自建平房：一间客厅兼卧室，一间厨房，然后就是四面墙围起来的一个院子，十分简单。院子里长了不少杂草，乱糟糟的，想必以她的腿脚也是很久没整理了。屋里却是十分整洁，黄漆家具老旧但干净，桌子、柜子上还盖有布套。

哭声是从另一边的卧室传出的，我看见一个穿黑色大衣的长发女子趴在桌上哭着。我们上前询问情况，可无论怎么问，

李玉家附近的巷子

女子就是趴在那儿不说话，当我们是空气。

"估计是憋的，看着像小姑娘，想找朋友玩又出不去村，于是在家闹人。"龙哥小声说。

孙女的工作做不通，我们只好回头问老太太，此时老太太才关好门，还没走到小院里。

"我老了，也没用了，孙女没吃药，又犯病了。"老太太抬头望了望里屋，看着孙女还趴在那儿，压低声音跟我们说话。

她嗓音沙哑，如果不细听，根本听不明白在说什么。

老太太说孙女叫李玉，已经 21 岁了，是抑郁症患者。李玉平时靠吃药控制，但是今天老人把提醒服药的事情忘了，晚上不知怎么了，孙女的情绪突然变得不好，闹着要出去，结果还没走出去几步就被村口的人拦下了，回来之后就一直哭，都哭了快 1 个小时了。

抑郁症？我心中一凛，忙问她今天的药补上没。

"吃是吃了，但是这药最多还能撑半个多月，这封路还不知道得到什么时候，怎么办啊？"老太太说到这里急得掉眼泪。

"没药就去买啊，封闭时期社区送药上门……"龙哥赶紧安慰。

老太太叹了口气，说这个药不一样，治抑郁症的药是处方药。李玉不是本地人，大年初一才来这儿，带了差不多一个月的药，本来是足够的，结果赶上疫情，村子封闭了。因为孙女没带处方，即使是社区帮忙去第四人民医院（精神专科医院）都买不了。

事情有些麻烦了。我知道所里一个老哥有糖尿病，赶在封城当天去了医院，拿着处方磨了医生半天才开到了 2 个月的胰岛素。

正聊着的工夫，屋里的哭声逐渐停了下来，大家的心稍微放下点。

但是之后怎么办呢？我想了想，把老太太扶回屋里，嘱咐她把家里的刀子、剪子之类的利器收好，按时提醒孙女吃药，至于后面，所里再汇报应急指挥部看看能不能找四院协调。

回去后，我马上给所长打电话说了情况。

"是吗？那要重视了。"所长也很吃惊，说明天一早就去找应急指挥部。

这件事始终压在心头，我一夜都没怎么睡着，总有种不祥的预感，感觉要出岔子。

我早上交枪后，发现所长还没来，打电话也没人接。直到上午10点多，所长终于开车回来了，他拿着茶杯走上楼，途中还喝了一大口浓茶，招手让我去办公室。

果然和我预想的一样糟糕，所长早上去应急指挥部协调李玉开药的事情了，可是四院抑郁症诊疗科还是和几年前一模一样，由一个快退休的老医生坐镇，一年都不来几个患者，小姑娘吃的药，四院压根儿没有！虽然医院答应我们尽快采购，但疫情期间这物流状况得等到什么时候呢？

物流？我灵光一闪，跟所长提出了个想法，我们可以试着联系李玉的父母，把处方快递过来。这样可以拿着处方多去几家医院试试，万一其他地方有这种药呢。两条腿走路不至于最后坐以待毙。

所长马上打开电脑查询到了李玉父母的联系方式。电话打过去，李玉的爸爸接了电话，他有些不好意思，连说了好几句"真麻烦你们，操心了"。李玉家里已经知道了这个情况，在得知封城的当天就快递了处方过来。我们听到这里总算松了口气，但是他话锋一转，说快递现在卡在半路的转运中心了，因为封路，就是发不过来。

挂了电话，办公室里安静了半天，我和所长都不知道说什么好，实在是没招了。

"只能走一步算一步吧。"我苦笑道。

"要不你出个差，开车去转运中心找她的快递？"所长说。

"恐怕是大海捞针，现在那里积压的快件估计成千上万。"我摇了摇头。

2月5日那天是个分水岭，接下来的日子，工作的压力开始显现。由于封闭管理，不少闲汉开始滋事，加上人心浮躁和谣言四起，更不要说白天还要和街道社区一起在辖区巡逻，所里已经出现了警力严重短缺的情况。

即使是这样，我们也会隔几天问指挥部还有四院药物的情况，可是一直也没得到什么好消息。"船到桥头自然直，总会有办法的"，所里的同事安慰我，我也这样安慰自己。

转眼过了两周，我市仅有的几个新冠肺炎患者已经陆续出院，省内也已经数日无新增。指挥部决定自2月21日19点起，从郊区到市区渐次撤销部分卡点，部分区域转为二级巡逻防控，一些高速路段也将通车，省内人员流动也逐渐放开。李玉的药大概这儿天也快吃完了吧，还好可以赶上回家，算是万幸。

2月21日下午，正当我松了口气的时候，报警来了，说是报警人被诈骗5000元钱。我一看地址，就是李玉在的那个村。

这种诈骗类的警情处理流程一般是，通知受害人把证据和报案所需的手机、银行卡带好来所里，我们了解详细情况后报上去，试着紧急止付，并把证据传给刑侦和技术部门侦办。

约莫过了20分钟，我听见值班室有人敲门，扭头一看——竟然是李玉和她奶奶！难道被诈骗的是她们？

李玉还是穿着那天的黑色大衣，我看清楚了口罩之上的眉眼，她应该是个相当漂亮的小女孩，眼睛很大，只是眼神黯淡。

李玉低着头摆弄手机，也不过是锁屏再开屏，根本没有什么操作。李玉说下午5点多有个朋友找她借6000元钱，自己一开始也是有点怀疑的，但是朋友言之凿凿说就是本人，还发了段语音，李玉听着像，就把自己仅有的4500元借出去了。钱是借给朋友了，但是对方表示不够，问是否还能再凑一点。李玉又从借呗里借了500元转过去。朋友收款后连句"谢谢"都没有，头像马上就变灰了。

李玉有些奇怪，随后打开QQ空间，她发现有同学提醒，说朋友的QQ被盗正在四处借钱，让大家不要相信，李玉这才意识到情况的糟糕，于是马上报警。

谨慎起见，我还是给李玉的同学打了个电话核实情况，半天都打不通。我查到她同学父母的电话，得知是女儿的手机丢了，QQ也被盗了，被盗的号码今天确实在四处借钱。

这是一起典型的冒充熟人的电信诈骗，办案组的辅警马上带李玉去办案区做笔录。我顺便查了下她的身份证，却怎么也查不到。难道是黑户？可是她的身份证明明是本地的啊。正当我奇怪的时候，李玉的奶奶说李玉初中时，她的户口就迁走了，举家去了北边的邻市。

"玉玉，你晚上有没有吃药？"正当李玉被带去办案区做笔录时，李玉的奶奶突然问了一句。

"还没呢，等会儿回去吃吧。"李玉还是一副面无表情的样子。

值班室里的其他人马上面面相觑，虽然都没有说话，但是我知道大家想说的是：这闺女不会是发烧了吧！我忙摆摆手说："没事，你们忙你们的。"

"哦，我是抑郁症。"李玉临出门前竟对大家说了这样一句话，语气波澜不惊。

这姑娘从讲述案情到听我们的话去做笔录，全程都是一副漠然的表情，说话就像桌上的打字机，只有一个声调、一个节奏——"嗒嗒嗒"。外面天气阴冷，李玉进来后，值班室那气氛，仿佛她把乌云顶在头上带到屋里一样。

"我这苦命的孙女，给你们添麻烦了。"李玉的奶奶很不好意思，她头发全白，穿着一件蓝色对襟袄，像民国打扮，早已脱离了时代的感觉。

老太太说李玉今年 21 岁了，还在上高中，就是因为病情耽误的。一家人没少带她求医问药，但是本市的医疗条件太差，加上她因为抑郁症和班里的同学关系也不怎么样。为了治病和上学，于是一家人迁到隔壁市，买了房子。李玉也重新上了初中，

李玉和奶奶在派出所

这几年因为坚持吃药，暂时还没出什么问题。

老太太还说这个"骗"李玉的朋友是她在家乡为数不多的闺密，所以想都没想就借了，可是没想到会这样。来派出所的路上，李玉一直在说自己活着没用，被骗了还帮别人数钱之类的话。

我马上想到办案组的兄弟还不知道她这个病症的严重性，让这些心粗如井口一样的哥们儿做笔录我不放心，于是赶紧跑

过去叫停，由我亲自操刀询问案情。这是一起非常简单的电信诈骗，笔录很快就结束了，但是我看她一直都是那样，有些不忍。

"其实作为过来人，你的状态我特能理解。"

李玉就像被电了一样，马上抬起头看我，眼神从漠然变成了询问。我知道她想说，难道你曾经也得过抑郁症？

我笑了笑，没有承认也没有否认，只说了个故事。大意是马戏团里的大象，明明有千钧之力，却被人当猴耍。为什么？就是因为它被捕获时被人类钉刺、鞭打，让它不敢反抗，等它成年了，潜意识里就一直认为自己根本挣脱不了束缚，于是只能被困在马戏团。

"抑郁症也是一样，你千万别被这个小小的病症困住。"

"警察哥哥，你知道什么叫一朝被蛇咬，十年怕井绳吗？"她叹了口气，"而且我都21岁了，又不是10岁的小孩，我怎么不知道……"

我有些蒙，没想到她会这么说。但我脑子转得很快，马上想到了新说辞："那我的亲身经历你要不要听听？"

我说前几年自己在省厅学习的时候，无聊时去过一次野生动物园，我发现无论是在猴山还是熊馆，所有群居的动物中都有一个普遍现象，就是总有一个最瘦小的被欺负，吃残羹剩饭，或者指望饲养员驱赶其他同类才能喘息一会儿。"等你走向社会就会知道，这个世界本质上就是丛林法则，现在你还有父母亲人护着，以后参加工作了呢？不为了自己，也为了家人多想想，只有自己变强大，才能在社会上站得住脚。"

李玉又低下了脑袋，不知道在想什么。隔了几十秒，她深呼吸了好几次，抬头说："你说得对！为了我奶奶，还有你们，你们这么晚了还在出警办案。"

气氛终于缓和了，我感觉她头顶的乌云散了不少，于是让她赶紧阅读一遍笔录并签字。

李玉跟我走出办案区时问了句，钱能不能追回来，这是她几个月的生活费。此时距离她被骗已经过了1个多小时，按正常程序我应该找所长审批，然后报上去申请紧急止付，但是这样一来又得花差不多半个小时工夫。得和骗子抢时间。我马上拿起手机，直接打给了反电诈中心的战友，让他赶紧做止付。

战友正在值班，听我来电有些意外。我说："赶紧的，等着救命呢，回头请你吃饭。"战友听我说完，二话没有，马上开始忙活了。几分钟后，他微信我说"搞定"，我长舒了一口气。

止付是完成了，材料收集的工作量也不小。于是我打算先让两人回去，都已经这么晚了，手机转账截图之类的明天再补。但是李玉的奶奶提出家里的药今天就吃完了，正巧赶上了交通解禁，打算让孙女回自己家，而且目前街上的打印、复印店都没开，材料准备怕是有些困难。

我让同事把我的笔记本电脑搬来，连上外网，让李玉把所有的截图传给我，这样她就可以安心回家，剩下的事情我来办就行了。李奶奶赶紧站起来，不停地感谢我，说这次真的遇上好人了。我让她别客气，搀她坐下，然后指导李玉准备报案材料。

20多分钟后，我打印、整理好资料让她签名确认。此时已经到了晚上6点半，一个简单的诈骗案差不多搞了一个半小时。

临走时，李奶奶握住我的手一直感谢着，老人的手枯瘦得像树枝，且冰冷。送两人出门的时候，我随口问了下明天的票买好了吗。李玉恍然大悟，光顾着处理诈骗的事情，完全忘了订票。她拿着手机翻了半天，眉头皱得厉害，过了一会儿才说，火车、高铁已经没票了，而且自己网银里的钱也被骗光了。

"等下！"我叫住了她们。

"走吧，今晚就靠你了兄弟。"我从口袋里掏出了车钥匙，看了看。

我让李玉和奶奶回去收拾一下，我决定赶在高速解禁的当口，开车把她们直接送回去，两人一愣，直说这怎么好意思。

"小姑娘，你就听我一回，我是过来人，就别客气了。"我认真地说。

回到值班室，我交代了一下工作，把执法记录仪和其他装备交给同事，打算换衣服走人。

"老蒋你疯了？不值班了？来回快500千米了！"所有人都十分惊讶。大家说抑郁症最多就是情绪不好，没什么大不了的，似乎就我一人过度紧张。我解释了一圈也没人赞同，大家说我走也可以，要先和所长汇报。

虽然我知道所长肯定会同意，但是万一没有呢？李玉的药今天已经吃完，现在钱和车票都没了，要是等到明天，还不知道会有什么变数。救人救到底，不然我于心不安。

最后，龙哥同意和我一起去，这几天他看到我的态度，大概也猜出来抑郁症这种事非同小可，这次他选择相信我。我和龙哥简单收拾了一下。李玉和奶奶也到了，只拿着一个包。

我启动车子，轧着还没完全消融的残雪，路上空荡荡的，我开得很快。

"你真不跟所长汇报了？"龙哥还是有点担心。

"来回最多四五个小时，我争取晚上12点前回所里。如果发生小警情，他们能料理。"我刚说完就意识到说错话了。

抑郁症患者的情绪非常敏感，这样说李玉会不会认为是自己给警察添了大麻烦？我从后视镜一看，她果然又恢复了低头的样子。我很后悔，怎么光顾着开车，嘴上也没个把门的。

所里的备用警车被我兄弟忠义搞出了事故，正在维修，我这次开的还是自己的车，来回一次油箱肯定要见底。之前我还跟龙哥交代路上说话仔细点，别让小姑娘觉得欠我们情什么的，结果最后还是疏忽了。

刚驶出高速匝道，几秒的工夫我已经把车速踩到了120千米/小时，龙哥在说笑话逗后排的两人——

"前几天我们出警，房东说租客退房后屋里留下了一枚手榴弹，全所的人都快吓死了。排爆的、救护的，来了不少人，结果凑近一看才发现是个小孩的玩具。那玩具仿得和真的一模一样！"

没有人笑。

此时的高速公路上静得过分，汽车已经逐渐远离了城市，公路两旁的灯火在飞快地倒退。

"警官，你好像从这个病里恢复得不错啊。"她抬起头说。

"我见证过从阴影里走出来，过得幸福的人啊。你就安心地放下吧，这和感冒发烧一样，听医生的，治疗就行了，我见过一个姑娘和你差不多，现在还是好好的。"我还是没有承认，也没有否认。

"真的？"她抬起头，应该是想听这个故事。

本来我都已经没词了，硬着头皮说了刚才那句话，她现在想听详情怎么办？我又不是医生，哪儿见过抑郁症最后恢复了的病例。

这一着急，还真让我想到了。

我说之前我们这儿有个姑娘叫赵兰兰，因为抑郁症都自杀过。后来她幸运，遇到了一个特别好的男朋友，姓袁，是个中学老师。小袁积极帮兰兰康复，平时给她开药，带她去各地旅游，甚至去过日本北海道看雪。最后两人走到一起，婚后远离了家乡的环境，搬到另一个地方生活，听说过得不错，之前的不开心几乎全都忘了。

我违心地编了个故事，因为除了结局之外，这个故事总体还算完美。

"所以你比兰兰幸运太多，没她那么严重，还有相当重视你的家人，你是我见过的相当轻症的。相信自己，你越强大，病魔就越弱小，当你强大到一定程度的时候，不用你赶，病魔自己就跑了！"我最后总结道。

其实李玉比兰兰幸运不知千百倍，父母重视，药物合理……

"蒋警官这是久病成医！哈哈哈！"龙哥在一旁配合我活跃气氛。我俩就像说相声一样，一个逗哏一个捧哏。

后排李玉的动作也多了起来，我清楚地从后视镜看到她一会儿伸伸懒腰，一会儿看看车窗外，还问奶奶饿不饿。

两个小时的路程很快结束了，我看见抱着大棉袄的李玉父母在路边等着。

车停下了，李玉的爸爸赶紧上前给我开车门，搞得我倒有些不好意思。他握手直道谢，李玉的妈妈则非要请我们吃饭。

"警察大哥还赶着回去跟所长复命呢，等疫情过去咱们再请他吃好吃的！"李玉说。

我回头一看，李玉笑了，这几天我第一次看见她笑。这个笑容让我觉得一晚上没有白忙，全都是值得的。

天才捕手计划
STORYHUNTING

故事编辑

扫地僧

林老鬼

小旋风

渣渣盔

大体格子

大棒骨

蛇佬腔

插 画

超人爸爸

小荏子

大五花

崔大妞

花卷儿

图书在版编目（CIP）数据

呼吸在一米之外 / 陈拙主编 . -- 长沙：湖南文艺出版社 , 2020.9
ISBN 978-7-5404-9616-6

Ⅰ . ①呼… Ⅱ . ①陈… Ⅲ . ①纪实文学—作品集—中国—当代 Ⅳ . ① I25

中国版本图书馆 CIP 数据核字（2020）第 144205 号

上架建议：畅销·纪实文学

HUXI ZAI YI MI ZHI WAI
呼吸在一米之外

主　　编：陈　拙
出版人：曾赛丰
责任编辑：刘雪琳
出品方：魔　宙
出版统筹：影子姐
监　　制：刘　毅
策划编辑：刘　毅　刘　盼
特约编辑：陈晓梦　茶煲姐
营销编辑：刘　迪　段海洋
版式设计：李　洁
视觉策划：超人爸爸　张大嗨
封面设计：利　锐
出　　版：湖南文艺出版社
　　　　　（长沙市雨花区东二环一段 508 号 邮编：410014）
网　　址：www.hnwy.net
印　　刷：旺源文化发展（天津）有限公司
经　　销：新华书店
开　　本：880mm×1230mm 1/32
字　　数：100 千字
印　　张：8.75
版　　次：2020 年 9 月第 1 版
印　　次：2020 年 9 月第 1 次印刷
书　　号：ISBN 978-7-5404-9616-6
定　　价：48.00 元

若有质量问题，请致电质量监督电话：010-59096394
团购电话：010-59320018